GOLDMANN

Buch

In einer melancholischen Landschaft von berückender Weite und schmerzhaft schönem Himmel ereignet sich ein Verbrechen, die Ermordung eines holländischen Ehepaars in einem Zelt, mitten in der Einsamkeit der Finnmarksvidda in Lappland. Als die örtliche Polizei bei den Ermittlungen nicht weiterkommt, macht sich der holländische Inspektor Piet Hieronymus nach Norden auf, um Licht in den Fall zu bringen. Er findet sich in einer fremden Welt wieder, die ihn bald mehr und mehr verwirrt und fasziniert.

Die Samen, die in dieser letzten Wildnis Europas leben, sind ein Völkchen, dessen traditionelle Lebensweise durch moderne Sitten und Gebräuche in Bedrängnis gerät. Schamanentum und Kaufmannsgeist gehen hier, am Rande der Welt, kuriose Verbindungen ein. Für das alte Leben dieser Menschen steht ihre eigentümliche Art zu singen: das Joiken. Es ist mehr als Musik, mehr als, für unsere Ohren, mißtönender Sprechgesang, der Geschichten auf eine dem Außenstehenden unverständliche Weise erzählt. Joiken ist auch Selbstfindung der Person, ein akustischer Fingerabdruck ihrer Seele.

Dieser Roman ist ein klassischer Kriminalroman und mehr. Neben menschlichen Leidenschaften spielen Natur und Mythen eine mindestens gleichberechtigte Rolle im Netz der Nemesis, jener unsichtbaren Schicksalsmacht, die sich im Norden stärker in den Alltag einzumischen scheint als in gemäßigten Regionen.

Autor

Henning Boëtius, geboren 1939, promovierte 1966 über Hans Henny Jahnn. Ab 1967 Mitarbeit an der historisch-kritischen Clemens-Brentano-Ausgabe. Seit 1979 freier Schriftsteller. Von ihm liegen als Goldmann-Taschenbücher bereits vor:

Der Gnom. Roman (41188)
Lauras Bildnis. Roman (42022)
Schönheit der Verwilderung. Roman (41187)

Henning Boëtius

Joiken

Ein Lappland-Krimi

GOLDMANN VERLAG

Ungekürzte Ausgabe

Umwelthinweis:
Alle bedruckten Materialien dieses Taschenbuches
sind chlorfrei und umweltschonend.

Der Goldmann Verlag
ist ein Unternehmen der Verlagsgruppe Bertelsmann

Genehmigte Taschenbuchausgabe

Umschlagentwurf: Design Team München
Druck: Presse-Druck Augsburg
Verlagsnummer: 42319
MV · Herstellung: Heidrun Nawrot
Made in Germany
ISBN 3-442-42319-8

3 5 7 9 10 8 6 4 2

Erster Teil

NEMESIS DIVINA

Die Pastorin Grot von Quickjok und Lule Lappmark
hurt mit Regimentsquartiermeister Kock.
Der Pastor wird darüber desparat und versoffen.
Die Tochter wird Hure und von einem Lappen
verführt.

aus: Carl v. Linne, Nemesis divina

1. Kapitel

Ich kannte Henrik Wouwer von der Universität her. Wir hatten beide im selben Jahr mit dem Studium begonnen und gleichzeitig Examen gemacht. Unser Kontakt war nie sehr eng gewesen. Wir hatten uns gegenseitig respektiert, waren jedoch von Anfang an der Meinung gewesen, daß wir für eine Freundschaft zu verschieden sind. Mich interessierten Menschen, Wouwer Bücher. Unsere späteren Karrieren zeigten, daß wir unseren Vorlieben treu geblieben waren. Wouwer hatte, nach glanzvollem Abschluß und einer ungewöhnlich kurzen Phase als Assistent, den Lehrstuhl für Nordistik an der hiesigen Universität erhalten. Ich hatte nach einer weniger gut verlaufenen Prüfung eine Praxis als Psychotherapeut eröffnet. Mein Arbeitszimmer lag im Parterre. Da wir in Holland keine Vorhänge zu benutzen pflegen, konnten die Passanten ungehindert hineinsehen, wenn ich mit einem Patienten beschäftigt war. Wouwers Arbeitszimmer lag im vierten Stock. Es erlaubte einen schönen Blick über die pittoreske Dächerlandschaft unserer Stadt, aber die Vorhänge waren fast immer zugezogen.

Wouwer war Einzelgänger geblieben. Sein Verhältnis zu seinen Studenten war mehr als schlecht. Um so größer war seine Reputation in der wissenschaftlichen Welt.

Ich hingegen konnte mich nach kurzer Zeit nicht mehr retten vor Klienten. Es gab Fälle, bei denen sich herausstellte, daß der Kunde gar keine seelischen Probleme hatte. Er war nur gekommen, weil es ihm Spaß zu machen schien, sich mit mir zu unterhalten. Und dies traf nicht nur auf Frauen zu.

Aber das liegt bereits einige Jahre zurück. Seit ich in meinem neuen Beruf arbeite, ist die Distanz zu den Bewohnern dieser Stadt aus begreiflichen Gründen größer geworden, wenn auch nicht so groß, wie man eigentlich annehmen müßte.

Seit meinem Wechsel in eine Spezialabteilung der Groninger Mordkommission hatte ich mit Wouwer überhaupt nichts mehr zu tun gehabt. Die Universität scheint ein keimfreier Raum zu sein, was Verbrechen anbelangt. Es kommen höchstens Taschendiebstähle vor. Nun aber brauchte ich wegen eines ungewöhnlichen Falles ein paar Informationen, für die Wouwer die richtige Adresse war. Ich nahm also mein Rad und fuhr in die Marschen vor der Stadt.

Wouwer wohnte allein, jedoch mit einer dem Hörensagen nach unvorstellbar großen Anzahl von Büchern, in einem alten Bauernhof. Das stattliche Gebäude war auf allen Seiten von einem Wassergraben umgeben. Mächtige Eichen standen rechts und links neben der Zufahrt Spalier. Schon von weitem hörte ich das Kläffen eines Kettenhundes.

Die schmale Brücke über das Fleet war von einem Eisentor mit spitzen Dornen versperrt. Man hatte mich informiert, daß Wouwer erst per Knopfdruck öffnete, wenn er sich mit Hilfe einer versteckten Videokamera über den Besucher informiert hatte.

Das Geräusch des Türschnarrens kam jedoch nach meinem zögernden Klingeln ungewöhnlich schnell. Wahrscheinlich konnte ich mir etwas darauf einbilden, so prompt eingelassen zu werden. Wouwer erschien in der Haustür. Er war schmaler, als ich ihn in Erinnerung hatte. Sein asketisches Gesicht zeigte keinerlei Gemütsbewegungen, doch die Art, wie er mir die Hand reichte, mußte für seine Verhältnisse ungewöhnlich herzlich sein.

Er geleitete mich in sein spartanisch eingerichtetes Arbeitszimmer. Bücherregale bis zur Decke, eine Bibliotheksleiter, ein Stehpult, zwei massive Stühle aus grob behauenem Holz. Im Flur sah es nicht viel anders aus, auch in der Küche nicht. Alles war vollgestopft mit Büchern, Folianten, Broschüren. Selbst das Badezimmer sah wie ein Seminarraum mit nachträglich eingebauter Badewanne und Toilette aus. Die Stühle waren wirklich sehr unbequem. Man mußte aufrecht sitzen, in einer Haltung, die die Förmlichkeit der Situation steigerte. Doch möglicherweise förderte sie die Aufmerksamkeit beim Zuhören, denn alles, was Wouwer auf meine geraffte Darstellung des Falles hin sagte, prägte sich mir ein in seiner beinahe wörtlichen Gestalt.

»Es handelt sich also eindeutig um Mord. Selbstmord kommt nicht in Frage, sonst gäbe es die Schnitte im Stoff nicht, von denen du erzählt hast. Alles andere jedoch scheint ziemlich rätselhaft zu sein. Zum Beispiel das Motiv.

Jeder Mensch, der sich für halbwegs vernünftig hält, fragt bei Mord nach dem Motiv. Bei Liebe ist es etwas anderes. Da fragt man nicht nach Gründen. Eine typische menschliche Inkonsequenz. Vor allem in moralisch verwerflichen Dingen werden kausale Zusammenhänge unterstellt.«

Ich weiß noch, wie er an dieser Stelle eine Pause machte, um sich eine Pfeife anzuzünden. Einen Augenblick lang sah er schweigend den blauen Rauchschlieren zu, dann setzte er seinen Vortrag fort.

»Auch ihr Fachleute macht da leider keine Ausnahme.« Er zeigte mit dem Stiel seiner Pfeife auf mich. »Ihr solltet weniger vernünftig sein. Kausalität ist oft nur das Produkt von Denkfaulheit. Bei Mord nach einem Motiv zu fragen heißt rückwärts ein Zimmer zu betreten. Man sieht nichts. Man weiß nicht, was einen erwartet.«

Er beugte sich vor und blies mir den Rauch ins Gesicht. Dann sagte er mit gesenkter Stimme: »Morde sind in den allerwenigsten Fällen das Ergebnis von Motiven. Sie sind die Knoten in einem feinen Netz, das über der Menschheit liegt, die Verdickungen sozusagen, an denen dieses Netz sichtbar wird.«

Ich muß ihn ziemlich verständnislos angesehen haben. Denn er lehnte sich wieder zurück und verlieh seiner Stimme einen normaleren Klang.

»Du brauchst keine Angst zu haben, mein lieber Piet, daß ich am Thema vorbeirede. Wir sind in Wahrheit mittendrin. Du willst etwas über den hohen Norden wissen. Deshalb bist du doch zu mir gekommen.«

Ich nickte.

»Einer seiner größten Kenner, Carl von Linné, ein Realist und unbestechlicher Beobachter der Natur, bezweifelte das Kausalitätsprinzip in Morddingen zutiefst. Hierfür haben wir einen erstaunlichen Beweis. Ungefähr hundert Jahre nach seinem Tod entdeckte man in den Archiven der Universität von Uppsala eine Handschrift, die zweifellos von ihm stammte. Sie handelte zur Überraschung der Fachleute keineswegs von Käfern, Moosen, Beeren, von all den Lebewesen der Schöpfung, die Linné bekanntlich zum umfangreichsten Artensystem der Flora und Fauna zusammengestellt hat. Sie handelte von Morden. Von grausamen Untaten, von Totschlag, von Vergewaltigung. In seiner säuberlichen Handschrift hatte Linné die Vorfälle samt den Namen der Opfer und Täter mit knappen, wiewohl drastischen Sätzen festgehalten. Diese Handschrift war sozusagen Botanisiertrommel und Bestimmungsbuch in einem. Er hielt sie geheim. Was hatte er vor, wirst du fragen.«

Ich nickte wieder. Was blieb mir auch anderes übrig. Ich wußte, daß ich am meisten erfahren würde, wenn ich Wouwer nicht unterbrach.

»Er sammelte die Geschichten für seinen Sohn. Er wollte mit ihnen offenbar etwas beweisen, was seinem Sohn bei der weiteren Lebensführung nützlich sein konnte. Es war das geistige Testament eines liebenden Vaters, der erkannt zu haben glaubte, daß es eine höhere Gerechtigkeit gibt, die zu ihrer Durchsetzung tödliche Mittel gebraucht. Nicht Geldgier, Eifersucht oder ähnliches verbirgt sich hinter den meisten Greueltaten, sondern eine verborgene Struktur, die er ›Nemesis‹ nannte. Nemesis heißt Vergeltung, strafende Gerechtigkeit. Es sind keine einfachen Motive, sondern dunkle Verstrikkungen, die Täter und Opfer miteinander verbinden. Beide bilden ein Doppelwesen, untrennbar wie siamesische Zwillinge, die ein gemeinsames Herz haben. Mörder sind Opfer und Opfer Mörder. Sinnlos zu fragen, wer schuldig ist. Es ist das bekannte Problem mit der Henne und dem Ei.«

Wouwer redete jetzt mit geschlossenen Augen, während mein Blick auf dem einzigen Zierat des Raumes ruhte, einer Bleistiftzeichnung in einem goldenen Rähmchen. Es war ein Porträt. Ein Kind, ob Junge oder Mädchen, war schwer zu sagen. Etwas Zartes, Gebrechliches und zugleich Altkluges ging von ihm aus. Es konnte nicht sein Kind sein, jedenfalls nicht sein legales.

»Ich vermute, daß die Linnésche Handschrift von Uppsala unvollständig ist. Sie enthält nur 182 Morde. Zu wenig für einen so gründlichen Mann, der sich vorgenommen hatte, die geheimen Strukturen der Nemesis divina hervortreten zu lassen. Außer jenem Quartbändchen müssen, vielleicht auf einem Dachboden, noch andere Aufzeichnungen existieren. Ich gäbe alles dafür, wenn jemand sie fände.

Linné hatte, als er seine ›Nemesis‹ zu schreiben begann, bereits einen dreijährigen Sohn verloren. Es war wie ein Fingerzeig. Und natürlich ein Grund, schwermütig zu werden. Eine Krankheit des Gemüts, die sich in seinen letzten Lebensjahren verstärkte. Vielleicht teilst du als Fachmann meine Meinung: Ich sehe in der Schwermut nicht nur das Ergebnis, sondern auch die Voraussetzung genauen Beobachtens. Es ist wieder so ein verflixter Zusammenhang: Nur der Schwermütige sieht deutlich, und was er sieht, macht ihn schwermütig.

Übrigens, der Stern der Melancholie ist nach alter Weisheit der Saturn. Er ist auch der Planet der Nemesis. Denke daran, wenn du in dieser eigentümlichen Landschaft bist, die Linné als erster Mensch der zivilisierten Welt mit offenen Augen erkundete. Eine Landschaft von äußerster Schwermut. Die Atmosphäre ist dort so klar, und es gibt so wenige topographische Hindernisse, daß das Beobachten auf weite Entfernung möglich ist. Lappland, das Land mit den höchsten Himmeln. Eine fast gewalttätige Einsamkeit, eine besonders günstige Bühne der Nemesis. Dort ist die Welt noch eine Scheibe, der Horizont ein einziger gewaltiger Messerschnitt rund um den eigenen Gesichtskreis. Wer hier lebt, ist dem Wahnsinn ein Stück näher als unsereins, obwohl auch wir in einem ziemlich flachen Teil der Erde leben. Doch die dichte Besiedlung zwingt uns Normalität auf als eine Art Herdenverhalten.«

Ich fragte mich, ob Wouwer je persönlich in Lappland gewesen war, und ob seine letzte Bemerkung auch für ihn Geltung besaß. Er hatte sich erhoben und die Bibliotheksleiter aufgeklappt. »Du solltest sie mitnehmen«, sagte er. »Wenn dir überhaupt etwas bei deinen Recherchen helfen kann, dann diese beiden Werke. Linnés ›Lappländische Reise‹ und seine ›Nemesis divina‹.

Das eine verkörpert die Klarheit, das andere die Melancholie seines Geistes. Der Blick des jungen und des alten Mannes, die sich ergänzen.«

Er zog zwei Bücher aus einem der oberen Regale und drückte sie mir in die Hand. Ich wußte, daß es eine große Ehre war, und bedankte mich umständlich.

»Benutze sie wie Fernrohr und Kompaß, zur Ortsbestimmung«, sagte er. »Und im übrigen wünsche ich dir viel Glück.«

Es hatte beinahe wie eine Drohung geklungen. Als ich die Eisenpforte hinter mir schloß, atmete ich tief und erleichtert durch.

2. Kapitel

Ich bewohne ein Haus im ehemaligen Arbeiterviertel der Stadt. Heute leben hier hauptsächlich Studenten. Die Häuser sind extrem schmal, jedes Stockwerk hat nur ein Zimmer.

In meinem Parterre steht ein schwarzes Klavier. Ich habe es bei van Houten gekauft, richtiger gesagt in einem der Läden, die seine Instrumente vertreiben. Jetzt stand es da und erinnerte mich an einen Sarg. Wie immer lehnte ich mein Fahrrad dagegen. Ich spiele selten Klavier, und jetzt war mir noch weniger als sonst danach zumute.

Neben dem Klavier steht ein Korbsessel, ein Geschenk meiner lieben Frau Mama. Er knarrt bei jeder Bewegung, wenn man in ihm sitzt, und immer klingt es wie die kleinen Ermahnungen, mit denen mich meine Mutter seit meiner frühesten Kindheit zu traktieren pflegt.

Ich ging die Wendeltreppe hoch in den mittleren Stock. Hier ist die Küche mit der Eßecke. Es roch nach asiatischen Gewürzen und nach Kaffee, doch ich hatte keinen Appetit. Mir war mehr nach einem Schnaps, aber ich habe aus Prinzip keinen im Hause. Es ist ihre Erziehung. Seitdem ich Mama kenne, hat sie meine schlechten Angewohnheiten bekämpft.

Alles war aufgeräumt und blitzsauber. Offenbar Ingrids Werk. Ich verstand nicht, was sie damit bezwekken wollte.

Ich ging weiter nach oben. In diesen Raum voller Grünpflanzen mit dem großen Futon. Ich finde es übrigens ganz passend, in einem dreigeschossigen Haus zu wohnen. Verfügen wir Menschen nicht auch über drei Stockwerke? Bauch, Herz und Kopf? In meinem Haus war der Bauch oben und der Kopf unten. Der Bauch ist das Schlafzimmer, in dem wir uns geliebt hatten, bis gestern noch. Hier war nicht aufgeräumt. Im Gegenteil, es sah aus wie nach einem Einbruch. Schubladen waren herausgerissen und ausgeleert. Ein Topf mit tränenden Herzen, meiner Lieblingspflanze, war heruntergefallen und zerbrochen. Mein Schlafanzug lag wie ein verrenkter Toter daneben.

Den Abschiedsbrief hatte sie in eine ungespülte Kaffeetasse gesteckt. Wie die Halskrause eines Richters ragte er über den Rand. Kaffeesatz dazwischen, ein halbvolles Sahnekännchen daneben, als gäbe es etwas aufzuhellen an diesem Gedeck.

Der Brief war überzeugend kurz. Es war, als symbolisierte er die ganze Beziehung. Er kam schnell zur Sache, hielt sich nicht mit Abschweifungen auf, gipfelte in einer kargen Liebeserklärung und beschwor wie zum Trost die generelle Absurdität von Zweierbeziehungen. Ihr schöner Name am Schluß kam diesmal ohne das einleitende »Deine« aus. Natürlich, Besitzansprüche waren liquidiert worden. Ein wenig mehr Freiheit war entstanden. Sie hatte allerdings alles zusammengesucht, was ihr gehörte.

Ich ging ins Badezimmer und begann mich zu rasieren, mit viel zu viel Schaum. Dann nahm ich das Rasiermesser, klappte es auf, schärfte es am Lederband und begann, mein Gesicht freizulegen. Zug um Zug entstand so etwas wie eine rosa Maske aus Haut. Meine Hand zitterte. Ich rechnete damit, mich zu verletzen. Der Salmiakstein zum Blutstillen lag griffbereit.

Seit mir vor über zehn Jahren bewußt wurde, daß ich den frühen Selbstporträts Dürers verblüffend ähnlich sehe, habe ich durch lange Haare, Knebel- und Kinnbart die Ähnlichkeit noch unterstützt. Es war wohl ein Spiel mit einer anderen Identität. Ich zog die Blicke auf mich und hielt sie mir gleichzeitig vom Leibe. Die Leute sahen ein Bild. Sie kamen gar nicht erst auf die Idee, in meinen Gedanken lesen zu wollen. Jetzt nahm ich mir den Bart ab. Die Haare würde ich mir vor der Abreise noch schneiden lassen. Sicher war es kindisch. Aber ich wollte nackt sein, ohne Verkleidung.

Ich wusch mir das Gesicht und trocknete es ab. Nirgends war ein Blutstropfen zu sehen. »Ingrid«, flüsterte ich. »Es war schön mit uns. Aber es konnte nicht gut gehen. Es war das übliche Problem. Ein Größenunterschied von über dreißig Zentimetern. Ich wollte klein sein, doch du warst gezwungen, zu mir aufzuschauen.«

Ich sah mir in die Augen. »Kommt doch endlich«, sagte ich. »Kommt doch. Verdammt. Seid doch nicht so zimperlich.«

Es dauerte noch eine Minute, bis ich weinen konnte.

3. Kapitel

Ich sammelte die Scherben zusammen und stopfte die Blumenerde mit den tränenden Herzen in die Kaffeetasse, in der ich Ingrids Abschiedsbrief gefunden hatte. Dann ging ich ins Parterre hinunter und packte meine Einkäufe vom Vortag aus. Schlafsack, Isomatte, Zelt, Sturmkocher, Fahrtenmesser, Kompaß… eine komplette Expeditionsausrüstung. Selbst eine Taschenlampe war dabei, obwohl ich ihren Nutzen im nördlichen Sommer bezweifelte. Es waren alles Dinge, die auch das Ehepaar van Houten besessen hatte. Teilweise die gleichen Marken.

Ich baute das Igluzelt auf. Es paßte gerade zwischen Klavier und Eingangstür. Dann kroch ich hinein und zog den Reißverschluß zu. Die Deckenlampe schimmerte rötlich durch die Zeltwand. Ich legte mich auf den Rücken und versuchte mir vorzustellen, wie es dort oben im Norden sein würde. Ich hatte kein Konzept. Vielleicht half mir die Nemesis.

Ich packte alles in einen Rucksack und stellte ihn auf die Personenwaage. Er wog gut zwanzig Kilo. Ein bißchen viel für einen untrainierten Mann. Aber ich würde wohl auch nicht weit zu gehen haben. Jetzt endlich spürte ich so etwas wie Vorfreude. Ich übte den Schwung, mit dem man eine schwere Last überwirft, und verließ dann mit meinem Gepäck die Wohnung.

Der Himmel war klar, und die opalen Farben der Abenddämmerung weckten die Aufbruchstimmung in mir.

Wie immer wurde ich von fast allen Passanten gegrüßt, ein manchmal lästiges Erbe aus meiner Zeit als Psychologe. Den meisten stand die Neugier ins Gesicht geschrieben; verständlich bei meiner Ausstaffierung mit Goretexjacke, Gestellrucksack, Wanderstiefel.

Schließlich landete ich vor der »Blauen Maus«. Ich mag diese Kneipe in einem windschiefen Häuschen aus dem 16. Jahrhundert. Es kommt mir immer vor, als lagere die Zeit in ihr wie in einem Geneverfaß.

Ich setzte den Rucksack vor der Tür ab und betrat den engen Raum. Kaum hatte mich der Wirt bemerkt, stellte er unverlangt ein Bier und einen Genever auf den Tresen. Ich wußte, daß mir jetzt ein gründliches Verhör bevorstand.

»Urlaub, Herr Kommissar?«

Ich schüttelte den Kopf.

»Verstehe. Dienstlich natürlich. Häßliche Sache, die Sache da oben.« Er hatte die Lage also bereits richtig erfaßt. »Ich kannte die Leute. Sie waren manchmal hier. Genauer gesagt, er. Sie kam nur, um ihn abzuholen. Weil er nicht mehr fahren konnte. Von hier aus hat er immer angerufen, wenn er betrunken war.«

Der Wirt zeigte auf das altmodische Wandtelefon.

»Er muß mit seinen Klavieren ein Schweinegeld verdient haben. Und jetzt hat er nichts mehr davon. Der arme Kerl. Den gebe ich aus.«

Er schenkte zwei neue Genevergläser randvoll.

»Fünf Messerstiche. Scheußlich, nicht wahr? Wie Schlachtvieh abgestochen. So stand es jedenfalls in der Zeitung. Was meinen Sie zu der Sache, Herr Kommissar?«

Er wartete eine Antwort gar nicht erst ab. Er wußte, daß aus mir nichts herauszuholen war. Aber er schien mein Schweigen deuten zu können.

»Wissen Sie, ich glaube dasselbe wie Sie, Herr Kommissar. Es müssen mindestens zwei gewesen sein. Schon um sicherzugehen.«

Er wischte sich die Schweißperlen aus seinem geröteten Gesicht. »Die Täter konnten die Opfer nicht sehen. Höchstens fühlen. Durch die Zeltwand hindurch. Also haben sie gleichzeitig zugestochen. Jeder von einer Seite. Das liegt doch auf der Hand.«

Ich zahlte und ging. »Viel Glück«, rief der Wirt mir nach. »Wenn es einer schafft, dann bestimmt Sie!«

4. Kapitel

Vor jeder größeren Reise mache ich bei meiner Mutter einen Abschiedsbesuch. Und immer hat diese Zeremonie einen Hauch von Endgültigkeit. Auch diesmal war es nicht anders. Sie gewährte die Audienz in ihrem Ohrenstuhl, der viel zu groß für sie ist. Eine zarte Frau mit weißen, zu einem Knoten geschlungenen Haaren. Ich werde es nie begreifen, wie es möglich war, daß ich als ihr Sohn über zwei Meter groß werden konnte. Auch mein Vater war nicht besonders groß. Ich habe keine Erinnerungen an ihn, denn er starb kurz nach meiner Geburt an Leukämie. In der Ahnengalerie aus oval gerahmten Bildern hat er einen zentralen Ehrenplatz. Ein sehr blasses Foto von einem Mann mit ausdruckslosem Gesicht. Sternbilder von Stockflecken bedecken das Bild.

»Setz dich, mein Sohn«, sagte sie mit ihrer tiefen, herrischen Stimme, die so gar nicht zu ihrem Körper paßt. »Laß dich anschauen. Ich möchte dich in Erinnerung behalten. Wer weiß, ob dich deine alte Mutter noch einmal wiedersieht. Bei meinem Alter und bei deinem gefährlichen Beruf!«

Ich wußte, daß ich nun zu protestieren hatte. Es gehörte zum Spiel. »Du bist wirklich noch nicht so alt, Mutter. Und du bist gesund. Außerdem ist mein Beruf nicht gefährlicher als der anderer Leute.«

»Ich glaube kaum, daß du das beurteilen kannst. Mein Herz ist nicht in Ordnung. Ich vertrage keine Aufregungen mehr. Du siehst es am Garten. Ich vernachlässige ihn, weil ich einfach nicht mehr die Kraft habe, mich um alles zu kümmern.«

»Der Garten ist wunderschön, Mutter. Dieses Jahr besonders. Ich erinnere mich nicht, daß der Rhododendron je so intensiv geblüht hat.«

»Es liegt am Dünger, mein Sohn. Ich habe ein Spezialrezept. Aber ich werde das Geheimnis wohl bald mit ins Grab nehmen. Ich finde, etwas im Leben sollte man für sich behalten. Möchtest du noch Tee? Wer weiß, ob wir jemals wieder Gelegenheit zu einer gemeinsamen Tasse haben. Wirst du dort oben überhaupt Tee bekommen?«

»Du weißt doch, daß ich gewöhnlich Kaffee trinke. Nur bei dir trinke ich Tee. Niemand kann ihn so wie du bereiten.«

»Es liegt am Wasser. Ich lasse es stehen. Ein bis zwei Tage. Dann ist es milder. Aber ich finde es trotzdem unerhört, daß man dich auf eine so weite Reise schickt. Als ob sie dort oben nicht genug Polizisten haben.«

»Ich freue mich auf die Reise. Die Landschaft muß eindrucksvoll sein«, wagte ich zu sagen.

»Freu dich nicht zu früh. Es können eine Menge Scherereien auf dich zukommen. Vorfreude pflegt das Unglück anzuziehen, mein lieber Sohn. Hast du auch genug Warmes zum Anziehen mit? Schließlich fährst du fast zum Nordpol!«

»Zu dieser Jahreszeit soll es dort oft so heiß sein wie

in Italien. Und das sogar nachts. Italienische Nächte nennen sie es, wenn die Temperatur sogar um Mitternacht nicht unter dreißig Grad sinkt.«

»Du mußt Rheumaunterwäsche mitnehmen. Jemand, der so empfindlich ist wie du, holt sich leicht ein Blasenleiden.«

Sie lehnte sich zurück und schloß die Augen. Ich wußte, daß die Zeremonie zu Ende ging. »Vielleicht hast du recht, Mutter«, sagte ich. »Ich werde daran denken.«

»Braver Junge«, flüsterte sie, als strenge sie weiteres Reden zu sehr an. »Du hast viel von deinem Vater. Er war sich nie zu schade, einen Fehler zuzugeben.«

Ich trat hinter sie und beugte mich tief hinab, um ihr einen Kuß auf die Stirn zu geben. Ihre Haare rochen nach Lavendel. Die trockene Haut ihrer Stirn fühlte sich an wie dünnes Papier.

Sie legte den Kopf zurück und sah mich an. »Sei vorsichtig, mein Junge. Ich habe dir nur ein Leben geschenkt. Wenn man wie du das Böse im Menschen jagt, kann man leicht selber zum Gejagten werden. Es ist immer gefährlich, Schicksal zu spielen.«

Ich ging. Als ich die weiße Gartenpforte hinter mir schloß, war ich genauso erleichtert wie nach dem Besuch bei Henrik Wouwer.

5. Kapitel

Wir hatten die Reiseroute des Ehepaares van Houten genau rekonstruiert. Am 28. Mai waren sie in Groningen aufgebrochen. Sie hatten beide schwer bepackte Rucksäcke mit. Ein Freund hatte sie in seinem Auto zum Zug nach Bremen gebracht. Dann waren sie über Hamburg, Puttgarden, Kopenhagen, Helsingborg nach Oslo gereist. Hier mußten sie übernachtet haben. Wo, hatten wir nicht herausgefunden. Jedenfalls nicht in einem normalen Hotel.

Am nächsten Morgen sind sie per Bahn nach Bergen weitergereist, dann weiter mit einem Postschiff der Hurtigroute nach Hammerfest, wo sie am 1. Juni eintrafen. Sie übernachteten in einem Hotel am Hafen, liehen sich am nächsten Tag ein Auto und fuhren die Küste entlang nach Alta. Hier machten sie wieder einen Tag und eine Nacht Station. Wo, blieb ebenfalls unklar. Ein Tankwart hatte ausgesagt, daß sie am folgenden Morgen die Straße nach Kautokeino, dem Hauptort der Lappen im Inneren der Finnmark, genommen hatten. Hier hatte man sie am 3. Juni in der Bank gesehen. Sie hatten eine ziemlich große Summe Gulden in finnisches Geld eingetauscht. 60000 Finnmark. Fast die gesamten Reserven der Bank.

Nun verlor sich die Spur, oder sie wurde mehrdeutig. Angler wollten das Auto auf dem Weg nach Inari Richtung finnische Grenze gesehen haben. Andere auf der einsamen Straße nach Bidjovagge, nordwestlich von Kautokeino. Tatsache ist, daß man vier Tage später den Volvo des Ehepaares am Rand dieser Straße fand. Das Zelt stand zirka hundert Meter weiter in Richtung des Sees von Raisjevarre auf trockenem Tundraboden. Im Zelt lagen zwei tote Menschen. Das Ehepaar van Houten war an Wunden verblutet, die ihnen offenbar mit einem langen Messer beigebracht worden waren.

Ich verband nichts mit all diesen seltsamen topographischen Bezeichnungen; noch nie war ich nördlicher als Kopenhagen gewesen. Mein Einwand, ich sei kein Nordlandexperte, war bei meinen Vorgesetzten auf taube Ohren gestoßen. »Es gibt da oben schon genug Experten«, hieß es. »Die haben vielleicht gerade deshalb etwas übersehen, weil sie Kenner von Land und Leuten sind. Wir brauchen jetzt jemanden mit dem naiven Kinderblick auf die Verhältnisse. Dafür bist du genau der Richtige, Piet.« Es war ein Kompliment, über das man geteilter Meinung sein konnte.

Jetzt saß ich im Zug und starrte mit einem Blick auf die graue Welt, den ich für ziemlich erwachsen hielt. Ich hatte die Trennung von Ingrid erstaunlich schnell verarbeitet, beinahe ein Grund, sich Sorgen zu machen. Man konnte darin so etwas wie ein Erschlaffen der seelischen Muskulatur sehen.

Der Tag war trübe, einer von jener himmel- und schattenlosen Sorte, die sich in keine Jahreszeit einordnen lassen. Ich begann, Linnés Lappländische Reise zu lesen. »Die Lerche sang den ganzen Weg für uns, sie zitterte in der Luft. Der Himmel war rein und warm, der Westwind kühlte mit einem angenehmen Hauch, und vom Westen her begann eine dunkle Farbe den Himmel zu bedecken.«

Wouwer hatte recht. Es war großartige Poesie, nicht durch den Erfindungsreichtum menschlicher Phantasie entstanden, sondern durch die exakte Schilderung einer Natur, die offenbar nicht langweilig war.

Ich versuchte, an Ingrid zu denken. Das Bild von ihr blieb blaß. Das einzig Deutliche waren die feinen Härchen an ihren Beinen.

Einige Stunden später saß ich im Kurswagen nach Oslo. Ich mußte eingenickt sein, denn ich erinnere mich, daß ich von mißtönenden Lauten geweckt wurde. Zwei meiner Mitreisenden sangen laut und falsch. Dazu nickten sie mit den Köpfen und schaukelten mit den Oberkörpern. Sie mußten betrunken sein. Kleine Männer mit faltigen Gesichtern. Dennoch wirkten sie nicht alt. Sie schwenkten halbleere Schnapsflaschen; wenn der eine sang, trank der andere. Sie wurden immer lauter. Der große Rothaarige neben ihnen machte ein angewidertes Gesicht. Wahrscheinlich war er Norweger. Plötzlich erhob er sich fluchend und ging auf den Gang. Die beiden Sänger schien dies zu inspirieren. Ihr Gesinge steigerte sich zu wahren Kakophonien.

Die Frau neben mir schien der Lärm nicht zu stören. Sie tat vielmehr interessiert, lächelte, schaukelte im Rhythmus der »Lalulas« mit. Alles an ihr wirkte handgemacht, das Wollkleid, der Wikingerschmuck, das Fransentuch. Die blonden Haare trug sie seitlich zu einem schweren Zopf verschlungen. Ihr Nachbar mußte ihr Mann sein, so wie er sich betrug. Mit seinen ängstlichen Augen und dem sorgfältig ausrasierten Kinnbart sah er aus wie ein typischer Lehrer. Jedenfalls hatte er etwas von jener Unsicherheit, die für Erwachsene typisch ist, wenn sie beruflich mit Kindern oder Jugendlichen zu tun haben.

Die beiden sprachen dänisch miteinander. Dann beugte sich die Frau zu mir herüber und stieß mir mit dem Ellbogen in die Seite. »Zwei echte Samen«, sagte sie auf englisch. »Spitzen Sie die Ohren. Sie unterhalten sich, indem sie singen. Joiken nennt man das. Wahrscheinlich sind es die gemeinsten Zoten. Aber ein Joik ist immer etwas Besonderes, egal, worum es geht. Eine Art Geheimsprache. Und noch mehr als das. Es ist der Same selbst. Wenn er joikt, ist er im Lied und das Lied ist in ihm. Keiner joikt wie ein anderer. Eine Art musikalischer Fingerabdruck. Oder eine Form der Selbstfindung könnte man auch sagen. Machen Sie sich um Gottes willen nicht lustig darüber. Es klingt für unsere Ohren mißtönend, aber es ist schön. Ich glaube, sie joiken gerade von ihren Mädchen.«

Ich roch feuchte Wolle und ihren Schweißgeruch. Ihr Mann beugte sich über sie hinweg und flüsterte: »Ich glaube eher, daß sie vom Fischen joiken. Sehen Sie, der eine streckt den Arm aus wie eine Angelrute.«

Der Same hielt der Frau seine Flasche hin. Sie nahm und trank, ohne den Rand abzuwischen. Dann reichte sie sie an ihren Mann weiter. Auch er trank. Es blieb mir nichts anderes übrig, ich mußte mithalten.

Der andere Same ließ seine Flasche ebenfalls kreisen. Es war offenbar Whisky. Ich machte eine ablehnende Handbewegung, aber die Dänin legte ihre Hand auf meinen Arm und näherte ihren breiten Mund meinem Ohr. »Trinken Sie nur. Sie müssen. Die beiden meinen es gut. Sie dürfen sie nicht beleidigen.« Mein Gegenüber packte mich mit einem erstaunlich festen Griff seiner kleinen hornigen Hand am Oberschenkel und brüllte ein scharfes, kurzes Wort. »Prost«, übersetzte meine Nachbarin. Sie hatte ihre große weiche Hand mit den Bernsteinringen auf mein anderes Bein gelegt. Der Same fuhr fort, auf mich einzuschreien.

»Ist es nicht herrlich, wie unverdorben sie noch sind«, sagte die Dänin.

»Reine Menschennatur. Die Indianer des Nordens«, ließ sich ihr Mann vernehmen. »Die Norweger sind für sie der Weiße Mann. Durch ihn haben sie den Teufel Alkohol kennengelernt. Und er ist es, der früher ihren Reichtum, das Wild-Ren, abgeknallt hat, so wie es die weißen Amerikaner mit den Büffeln gemacht haben.« Ich nahm die Flasche, wischte den Rand ab und trank.

Das Licht vor den Zugfenstern nahm unterdessen einen goldenen Schimmer an. Der Himmel schien zu brennen über der endlosen Zackenlinie schwarzer Fichtenwälder. Wie ein riesiges Sägeblatt zog sie draußen vorbei. Ich schloß die Augen. Das Joiken wurde endlich leiser. Es hörte sich jetzt an wie ein bizarres Rezitativ der Natur.

Schließlich hielten wir.

»Die Grenze zwischen Schweden und Norwegen«,

sagte der Lehrer, »man sieht es dem Wald nicht an, daß er die Nationalität wechselt.«

Die beiden Samen schnappten ihre Jacken und stiegen aus. Sie torkelten Arm in Arm über den Bahnsteig, verschwanden die Treppe hinab und kamen auf dem gegenüberliegenden Perron wieder zum Vorschein.

»Sie sind den Verlockungen der Zivilisation nicht gewachsen«, sagte die Dänin. »Sie schmuggeln Schnaps. In ihren Leibern. Sie werden den nächsten Zug nehmen und zurück fahren. Auf der Fähre werden sie sich wieder genügend Stoff kaufen, um sich im Zug betrinken zu können. Manche wiederholen dieses Spiel vier- bis fünfmal. Arme Schweine sind es, 34000 gibt es davon. Sie spielen keine Rolle in der Welt. Niemand nimmt sie ernst. Sie sind für viele nicht mehr als lebende Touristenattraktionen.«

Der Norweger spuckte auf den Boden und tippte sich an die Stirn. »Verrückt sind sie, Ihre armen Schweine«, sagte er in seinem harten Englisch, wobei er mich ansah, als wäre ich bei diesem Urteil mit eingeschlossen. »Verrückte Schweine sind schlimmer als arme. Haben Sie schon mal einen Laster voller Schlachtvieh gehört? Sie grunzen wie verrückt, genau wie diese beiden.«

Es war fast Mitternacht, als wir in Oslo anlangten. Der Himmel war malvenfarben, und es war kühl. »Haben Sie ein Hotelzimmer?« fragte mich der Däne.

Ich verneinte. Wir hatten vergeblich das Zimmer zu buchen versucht, in dem die van Houtens übernachtet hatten.

»Dann ist es besser, Sie kommen mit uns. In Oslo

läuft nichts ohne Voranmeldung. Wir gehen immer in das gleiche Hotel. Es ist zwar primitiv, ein ehemaliges Bordell, jetzt eine Art Logishaus, aber es ist geräumig und billig. In unserem Zimmer gibt es sechs Schlafstellen. Wenn es Sie nicht stört, können Sie bei uns schlafen.«

Die Dänin nickte mir ermunternd zu. Sie war dabei, ihre offenen Haare zu flechten. »Warum eigentlich nicht«, dachte ich. Das Paar war im Alter der van Houtens.

Der Himmel über der Stadt wirkte künstlich beleuchtet, wie der Spiegel in einer Hausbar. Der Rucksack drückte, und ich war froh, als ich ihn endlich vor einem dunklen Hauseingang absetzen konnte. Wir stiegen eine breite Holztreppe mit ausgetretenen Stufen empor. Der Däne klingelte an einer unscheinbaren Sperrholztür mit Spion.

Ein alter, kränklich wirkender Mann öffnete. Ohne uns direkt anzusehen, murmelte er etwas in der Landessprache. »Es ist teurer geworden«, sagte der Lehrer. »Hundert Kronen pro Person. Das ist aber immer noch günstig.« Er war mir plötzlich unangenehm mit seiner ganzen kleinlichen Vernunft.

Das Zimmer hatte die Ausmaße eines Saales. Die hohen Fenster hatten keine Vorhänge, und der Nachthimmel wirkte sehr nahe mit seinem irisierenden Licht. An den Wänden standen sechs eiserne Krankenhausbetten. Die Dänin ließ sich an einem langen Tisch nieder, der mitten im Raum unter einer nackten Glühbirne stand. In wenigen Augenblicken hatte sie eine Mahlzeit bereitet. Plastikbecher, heißer Kaffee aus der Thermoskanne, Schwarzbrot, Butter, Marmelade, Wurst und saure Heringe. Auch eine Kerze hatte sie aufgestellt. Wir aßen schweigend. Dann holte der Mann eine Flasche Wein aus seiner Reisetasche. Unsere Schatten schwankten an den Wänden, weil unser Atem die Kerze zum Flackern brachte.

»Ein merkwürdiges Land, dieses Norwegen«, sagte der Lehrer. »Wir fahren jedes Jahr her. Wir brauchen es inzwischen wie ein Medikament. Es reinigt den Blick und die Ohren. Es gibt Weite hier und Stille wie sonst nirgends in Europa. Je weiter Sie nach Norden kommen, um so mehr gibt es davon.«

Seine Frau sagte: »Die Sonne steht nie sehr hoch dort oben. Das verändert alles. Es kann sehr heiß sein, und doch hat alles einen langen Schatten. Das wirkt absurd. Noch etwas anderes ist seltsam: Die Bäume verändern sich, je höher man kommt. Sie gleichen immer mehr beseelten Wesen. Die scheinen Hände und Arme zu haben, statt Zweigen und Ästen.«

Als wir endlich in den Betten lagen, wurde es schon wieder hell draußen. Dennoch schlief ich sofort ein. Ich glaube, einmal bin ich kurz aufgewacht, denn ich erinnere mich an ein Bild, das ich kaum geträumt haben kann. Ich sah die Dänin barfuß durch den Saal laufen. Sie kam zu mir. Ihre Haare waren offen. Sie beugte sich über mich und küßte mich auf die Stirn. Ich sah ihre großen Brüste in dem tief ausgeschnittenen Nachthemd. »Mein Kleiner«, hauchte sie. Dann zog sie sich wieder zurück in ihr Bett.

6. Kapitel

Am nächsten Morgen fuhr ich mit dem Zug nach Bergen, wo ich an Bord der Fähre »Kong Olav« ging. Ich hatte eine Außenkabine mit Dusche und WC. Es war die gleiche, die auch die van Houtens benutzt hatten. Bei der Buchung hatte ich darauf geachtet, wohl wissend, daß dies eine Spielerei war, die mehr meiner Eigeninszenierung als der Lösung des Falles diente.

Während das Schiff fast drei Tage lang bei herrlichem Wetter an zahllosen Inseln vorbeifuhr – sie glichen uralten Schildkröten, die gegen die Fahrtrichtung quer über das Blickfeld meines Kabinenfensters krochen –, hatte ich genügend Zeit, die Fakten zum Fall van Houten Revue passieren zu lassen. Es war nichts Spektakuläres dabei.

Er hatte eine gutgehende Fabrik, in der Holzinstrumente hergestellt wurden. Klaviere, Lauten, Mandolinen, Krummhörner, Blockflöten. Beide musizierten selber, gehobene Hausmusik. Sie hatten viel Geld und gaben einiges davon für Wohltätigkeit aus. Beide waren sie Mitglieder einer pietistischen Sekte. Das Ausmaß an Einverständnis zwischen den Eheleuten war das einzige, was mich irritierte.

Man hatte einige belichtete Filme bei den Leichen gefunden. Typische Urlaubsfotos. Viel Landschaft, Wolken und vor allem Bäume. Kiefern, Fichten, einige davon mit bizarren Formen. Die Gegend, in der die Leichen gefunden worden waren, war baumlos. Man hatte daraus geschlossen, daß sie einige Touren in die weitere Umgebung unternommen hatten.

Ich befragte das Personal an Bord. Die wenigsten konnten sich an das Paar erinnern. Nichts war von Interesse, fast alles bereits protokolliert. Neu war höchstens, was ich von dem Zimmermädchen erfuhr, das jeden Vormittag meine Kabine aufräumte und das Bett machte.

Sie war etwa achtzehn Jahre, sah aber viel jünger aus. Und sie war auf eine dreiste Art hübsch. Ich entsann mich nicht, daß sie eine Aussage gemacht hatte.

Ich hatte vor der Tür gewartet, während sie drinnen trällernd mit Kissen und Bettzeug hantierte. Als sie die Tür öffnete und mich sah, kicherte sie und schlug die Augen nieder.

»Wie waren die van Houtens?« fragte ich ohne Übergang.

Sie machte einen Schmollmund und strich ihre weiße Schürze über dem schwarzen Kittel glatt.

»Ich darf nichts über Passagiere sagen.«

Ich legte meine Hand auf ihre Schulter. Sie rührte sich nicht und sah mich mit einem Augenaufschlag an, den man früher »herausfordernd« genannt hätte.

»Sie war nicht besonders. Aber er war eine ziemliche Nummer. Typisch Mann und ganz schön frech. Er faßte einen an, wo er konnte.«

Sie redete jetzt von selbst. Beschrieb Anzüglichkeiten

van Houtens. Als jemand durch den schmalen Gang an uns vorbeiging, drückte sie sich an mich.

»Einmal hat er sich ein Ding geleistet, der feine Herr Holländer. Ich ging nichtsahnend in die Kammer und zog das Federbett von der oberen Koje, um den Bezug zu wechseln. Da lag er drin in der Koje. Ohne was an.«

Sie schwieg. »Und?« fragte ich.

»Sonst nichts. Ich glaube, er war verrückt oder betrunken.«

»Und?« fragte ich noch einmal.

»Nichts. Wir dürfen uns nicht mit Passagieren einlassen, sonst verlieren wir die Stellung.«

Sie drängte sich an mich. Sie roch nach Dorschrogen. Ein kleines Mädchen, das Geld nehmen würde. Ich gab ihr einen Hundertkronenschein und zog mich in meine Kammer zurück.

7. Kapitel

Hammerfest war eine Enttäuschung. Ich hatte mir unter der nördlichsten Stadt Europas mehr vorgestellt als diese wahllos über graue Felsen verstreute Ansammlung von Schuhkartons. Schön waren nur die Farben, in denen die zumeist aus Holz gebauten Häuser gestrichen waren. Wie überall in Norwegen waren sie rot. Ein abgetöntes Rot in allen möglichen Schattierungen. Rot wie angetrocknetes Blut, Ochsenblutfarbe, norwegisch Rot, Hardangerrot, die Spielarten variierten regional, Kenner konnten angeblich die Herkunft von Hausbesitzern daran identifizieren, wie Linguisten es mit Dialekten vermochten.

Ich fragte mich nach dem Autoverleih durch. Das Büro der Firma befand sich am Stadtrand in einem Blechcontainer, der wie eine überdimensionale Fischdose unmittelbar neben der Straße stand. Drinnen war es peinlich sauber und aufgeräumt. Ein mehlgesichtiger Mann saß an einem Schreibtisch aus Acrylglas und hakte eine Liste ab. Ich setzte mich in einen federnden Chromstuhl, der an der Wand unter einem Poster stand. Das Motiv war ein Sportwagen, auf dessen Kühlerhaube sich eine spärlich bekleidete Schönheit rekelte.

Der Mann nahm erst Notiz von mir, als er am Ende der Liste angelangt war. Er sprach mich auf englisch an, und ich wunderte mich wieder einmal, wie schnell man in mir den Ausländer erkannte. Ich sagte ihm, daß ich für ein bis zwei Wochen einen Volvo haben wollte, und zwar einen ganz bestimmten. Den, den das holländische Ehepaar gefahren hatte.

Er sah mich alles andere als begeistert an. »Polizei?« fragte er.

Ich nickte. »So was Ähnliches.«

»Also Polizei.«

Ich warf meinen Ausweis auf seine Schreibtischplatte. Er drehte sich auf dem Weg dorthin ein paarmal in der Luft. Es gefiel mir, in dieser Atmosphäre amerikanische Serie zu spielen.

»Ich kann Ihnen nicht helfen«, sagte der Mann. »Man hat ihn total auseinandergenommen. Jetzt wird er wieder zusammengebaut.«

»Hat man was gefunden?«

»Das müßten Sie doch besser wissen.«

Der Kerl war zäh wie Stockfisch. Ich rückte auf dem Swinger wippend näher und legte wie in Zeitlupe drei Hundertkronenscheine auf die glänzende Acrylplatte.

Er sprang an wie ein Grammophon. »Ein paar Stecknadeln unter der Fußmatte. Lange blonde Haarsträhnen in dem Schlitz zwischen den Vordersitzen. Etwas Lippenstift auf dem Lenkrad. Das war noch das Merkwürdigste. Im Handschuhkasten ein paar Pornohefte.«

»Hiesige?«

»Ja. Sind nicht schwer zu bekommen. Wir haben sie sogar in den Supermärkten. Je weiter Sie nach Norden kommen, um so mehr verfallen die Sitten, wissen Sie.

Im Süden würden Sie so was nicht mal in Spezialläden kriegen.«

»Was für einen Eindruck machten die van Houtens auf Sie?«

»Sie können sich denken, daß Sie nicht der erste sind, der diese Frage stellt. Gar keinen. Sie machten gar keinen Eindruck auf mich.«

Die Art, wie er sein Fischmaul schloß, hatte etwas Endgültiges. Ich verstand natürlich dieses Signal und legte noch zwei Scheine neben die anderen. Er öffnete die Augen und schenkte dem Geld einen flüchtigen Blick.

»Sie hatten ununterbrochen Streit miteinander, ohne es offen zu zeigen. Ich merke so was. Der Mann hielt die Autotür auf, als sie einstieg, aber nicht weit genug. Sie mußte sich ganz verrenken. Sie hatte schöne Beine, elegante Nylons, dazu trug sie Turnschuhe. Etwas merkwürdig, nicht? Sie war auch sonst nicht ohne. Sie war es, die die Hefte kaufte.«

»Bei Ihnen?«

Er nickte. »Sie sind noch eine Klasse besser als die aus dem Supermarkt.«

»Darf ich sehen?«

Er erhob sich und ging zu einem Tresor im Hintergrund des Raumes. Ich hörte dem Klicken des Drehschlosses zu und war immer noch in diesem B-Movie aus den Vierzigern. Jetzt fiel mir auf, daß alles in diesem Raum schwarzweiß war. Der Schreibtisch, der Mann, der Tresor. Nur das Poster nicht.

Er warf mir ein Heft zu. Es drehte sich ebenso in der

Luft wie vorher mein Dienstausweis. Ich fing es und blätterte es auf. Lauter brutale Motive von Erwachsenen mit Kindern. Frauen mit Knaben, Männer mit kleinen Mädchen. Alle Stellungen, alle Sadismen. Eins der Mädchen saß zwischen zwei Phalli, die es je mit einer Hand umklammerte. Es war höchstens fünf Jahre alt. Es lächelte wie eine Fünfzigjährige.

»Solche Sachen sind verboten. Warum zeigen Sie sie mir?«

»Sie sind hinter einem Mörder her und nicht hinter einem Lustmolch.« Sein Grinsen war an Niedertracht nicht zu übertreffen. Mein Einwurf »Es gibt auch seelische Mörder« wirkte naiv. »Sie können den Wagen morgen haben«, konterte er. »Um acht Uhr ist er fertig für Sie.«

Den ganzen Rest des Tages ging ich durch Hammerfest spazieren. Allmählich fand ich fast Gefallen an der Trostlosigkeit seiner Bauwerke. Die Stadt war ehrlich. Hier gab es nicht diesen Widerspruch zwischen einer hübschen Häuserkulisse und den tristen Seelen der Bewohner, wie ich ihn aus meiner Heimatstadt nur allzugut kenne.

Ich schlief schlecht in dem Hotelzimmer, in dem auch die van Houtens übernachtet hatten. Der Kaffee, den es zum Frühstück gab, schmeckte nach Aluminium. Um zehn Minuten nach acht ließ ich den Motor des Volvo an, der mich die 300 Kilometer von Hammerfest über Alta nach Kautokeino bringen sollte. Ich fuhr fast ständig in die Sonne hinein. Es hatte etwas von einem Weltraumflug an sich.

8. KAPITEL

Rund sechzig Kilometer Schotterstraße von Hammerfest nach Süden durch eine Landschaft, die eigentlich auf den Mond gehörte, und ich erreichte den Kvalsund. Ich setzte mit der Fähre über und fuhr weiter durch eine Gegend gleichen Namens.

»Kval« ist das norwegische Wort für »Qual«, wie es im Deutschen heißt und »Kwelling« im Holländischen. Ich bin kein Sprachforscher, es ist jedoch offensichtlich, daß alle drei Wörter die gleiche Wurzel haben, wobei die deutsche Version mir klanglich am besten auszudrücken scheint, worum es geht. Nicht um einen scharfen, deutlich umrissenen Schmerz, sondern um eine vielfach gewundene, sich wölbende, zerfließende, konturenlose Bedrückung der Seele. Der Schöpfer unserer Erde scheint in dieser Landschaft, die sich Kval nennt, in einem depressiven Zustand gewesen zu sein. Der Himmel über Kvalsund war jedoch von unglaublicher Schönheit. Er zog den Blick immer wieder nach oben mit dem Sog seiner phantastischen Wolkenbildungen und verblüffenden Farbenspiele. Je weiter es ins Inland ging, um so grandioser wurde die endlos blaue Kuppel des Sommerhimmels, die den Hintergrund zu all diesen göttlichen Zaubereien der Meteorologie und Spektralanalyse bildet.

Es fiel mir schwer, mich auf die Straße zu konzentrieren. Die Felsen rechts und links waren genauso abweisend, wie der Himmel darüber anziehend. Erst als die Straße in das Breidalen einbog, wurde die Vegetation üppiger.

In Alta machte ich eine kurze Pause und trank einen Espresso in einem ungemütlichen Café. Alta ist die Bezirkshauptstadt der Gegend, die wegen des günstigen Klimas Finnmarks Italien genannt wird. Es regnete. Auch dieser Kaffee schmeckte nach Aluminium.

Alta ist zersiedelt. Fast schlimmer noch als Hammerfest. Ich fragte mich, woher diese Sträflingslagerstimmung der Städte hier oben kommt. Vielleicht ist es eine Abwehrreaktion der Menschen auf die grandiose Schönheit der Natur rund herum. Sie bauen Schachteln um die Schachtel des Fernsehers, um es in dieser Weite auszuhalten. Wie soll man auch anders mit der Tatsache fertig werden, daß direkt an der Hintertür des Hauses eine zaunlose Weite beginnt, die jede Bewegung eines Fußgängers zu verhöhnen scheint.

Gegen Abend erreichte ich Kautokeino in einer Verfassung, die man als eine euphorische Form von Trübsinn bezeichnen könnte. Kautokeino war noch trostloser als Alta und Hammerfest. Dennoch sprach es mich sofort an. Ich stellte meinen Wagen am Straßenrand ab und schaute mich um. Wo war das Zentrum? Eine absurde Frage. Das Zentrum schien überall und nirgends zu sein. Die Abstände zwischen den Hausinseln waren groß. Zahllose Telefonleitungen überbrückten sie, ein Spinnennetz, in dem sich das Schweigen verfing.

Ich ging ein paar Schritte die Straße hinunter, wie ein Desperado im Vorspann eines Italo-Westerns, breitbeinig, die Hände in der Nähe der Hüften schlenkernd, die Augen ausdruckslos auf ein imaginäres Ziel gerichtet. Jemand kam mir entgegen. Auf einmal hatte ich Angst, bis heute weiß ich nicht, woran es lag. Eine namenlose Bedrohung ging plötzlich von Kleinigkeiten aus, die man gewöhnlich nicht beachtet. Ich fragte den Passanten nach dem Zentrum. Es mustere mich, als habe er einen Schwachsinnigen vor sich. Dann wies er die Straße entlang. »Bei der Bank«, sagte er.

Die Bank war ein Holzhaus wie alle anderen. Ich fragte mich, ob sie hier auch die Tresore aus Holz machten. Hinter dem Schalter saß ein lächelndes junges Mädchen, kleinwüchsig und blond und mit stark hervortretenden Backenknochen. Ich wechselte ein paar holländische Münzen und fragte nach dem Haus von Kriminalinspektor Brygger.

»Bryg-ger?« Sie sprach den Namen mit einem Geräusch aus, als würde sie in Knäckebrot beißen. »Er wohnt gleich um die Ecke.«

»Wo sind hier Ecken?« fragte ich naiv und dachte an diese weit auseinanderliegenden Häuser mit den leeren Gärten. Sie erhob sich hinter dem Schalter und verschwand. Jetzt erst sah ich, wie klein sie wirklich war. Dann stand sie neben mir, zupfte mich am Ärmel und brachte mich bis vor die Haustür des Inspektors, mit dem ich bereits einmal von Groningen aus telefoniert hatte. »Ziehen Sie sich die Stiefel aus, wenn Sie hineingehen«, sagte sie mit der Gelassenheit einer Autoritätsperson. »Das ist bei uns ein Ausdruck der Höflichkeit.« Sie lächelte wieder so betörend wie vorhin, und ich bedankte mich mit einer Verneigung, die ich dazu nutzte, ihr direkt in die Augen zu sehen.

Das Haus des Inspektors war für ein Holzhaus auffallend groß. Und es war blutrot. Nicht das bräunlich abgetönte Rot der anderen Gebäude. Vielmehr war die Farbe aggressiv, und sie war frisch, denn sie roch noch intensiv nach Lack.

Brav zog ich meine Wanderstiefel aus, ehe ich klopfte. Eine Klingel gab es nicht. Ich hörte eine sehr tiefe männliche Stimme, die ich nicht verstand, aber ich nahm es als Aufforderung, einzutreten. Es war, als käme ich in eine Sauna. Überall unbehandeltes Fichtenholz und eine Hitze, die einem sofort den Schweiß auf die Haut trieb. Ein breitschultriger Mann kam mir entgegen. Er drückte mir die Hand. »Kollege«, sagte er. »Sie haben uns also gefunden am Ende der Welt?«

9. Kapitel

Wir saßen in unbequemen, sehr solide wirkenden Holzstühlen. Der Raum war groß und karg eingerichtet. Einziger Schmuck auf den Bretterwänden ein Ölbild, Waldlichtung mit Hirsch. Tatsächlich ein Hirsch und kein Elch. Bemerkenswerter war noch der Mann, der zwischen den Bäumen stand, mit der Gitarre spielbereit in den Händen: Elvis, sauber aus einem Foto ausgeschnitten und auf den Firnis geklebt.

Küche und Wohnzimmer bildeten einen Raum. Am Herd stand eine Frau, hochgewachsen, langbeinig, mit klaren blauen Augen und einem flachen ebenmäßigen Gesicht mit kleiner Nase. Sie sah aus wie eine Schwedin. Nur ein Detail paßte nicht ins Klischee: Sie hatte tiefschwarzes Haar.

Auch Bryggers Frau hieß Ingrid. Natürlich war es Zufall. Äußerlich konnte man sich keinen größeren Kontrast zu meiner Exfreundin vorstellen. Dennoch zuckte ich zusammen, als sie ihren Namen nannte. Nun kochte sie Kaffee, und der Duft, der vom Filter herüberzog, ließ hoffen, daß er diesmal nicht nach Aluminium schmecken würde.

Man sagt, daß der erste Eindruck von einer Person entscheidend ist. Eine meist irreführende Binsenweisheit, weil der seelische Schutzanzug eines Menschen in dieser Situation noch seine beste Paßform hat. Diese Frau wirkte sehr kühl. Es ging eine Entschlossenheit von ihr aus, die ihrem Mann völlig zu fehlen schien. Brygger war Norweger, typisch für die Obrigkeitspersonen einer Gegend, die fast nur von Samen bewohnt wird. Im Winter, wenn die Berglappen in Kautokeino ihr Quartier nahmen, stellten sie 98 Prozent der rund 1800 Einwohner. Im Sommer gab es ein paar Fremde, vor allem Sportangler aus aller Herren Länder, die die fischreichen Gewässer des Stuorajavvre heimsuchten. Die Kriminalität stieg dann um ebensoviel Prozent an, wie der Anteil der Samen abnahm. Dies war eine der vielen interessanten Informationen, die ich dem Kommissar Brygger verdankte. Er redete und erläuterte gern mit einer gleichmäßig dahinfließenden Baßstimme, die trotz der spannenden Inhalte einschläfernd wirkte. Überhaupt hatte ich selten einen so temperamentlosen Menschen gesehen. Sein Händedruck war lasch, seine Haut milchig, die wimpernlosen Augen halb geschlossen, der Gesichtsausdruck fast stupide mit dem fliehenden Kinn und den dünnen rotblonden Haaren. Seiner Statur nach mußte er über große Körperkräfte verfügen, aber er schien seiner Mentalität nach höchst ungeeignet, sie einzusetzen.

Bryggers Englisch war hervorragend. Er saß ruhig wie ein Buddha auf dem Stuhl, leicht vornübergeneigt und mit herabhängenden Schultern. Wir tranken »Moonshine« aus einer Mineralwasserflasche, »hjemmebrann«, wie die Norweger mit meistens liebevollem Klang in der Stimme sagen, selbstgebrannten, hochprozentigen, wasserklaren Fusel, den ein normaler Gaumen höchstens vermischt mit sehr viel Fruchtsaft erträgt. Wir tranken ihn pur aus halbgefüllten Biergläsern. Während der süßlich fade Geschmack meinen ganzen Körper durchdrang und ich die Wirkung des Alkohols offenbar bereits zu spüren bekam, denn Elvis schien sich plötzlich in seinen Hüften zu bewegen, hielt Brygger eine Art Vortrag über Synergetik. Es war deutlich, daß ihm intellektuelle Zuhörer fehlten.

Obwohl ich nicht sehr konzentriert zuhörte, weiß ich noch folgende Thesen seines Vortrags: Die Synergetik untersucht dynamische Strukturen, Muster, die sich in der Zeit verändern und dabei eine gewisse Ordnung verraten. Aus einer Vielzahl von Zufallselementen, die für sich genommen frei, undefiniert sind, entsteht durch Selbstorganisation eine Struktur, die für eine ganze Weile stabil sein kann. Dabei gibt es sozusagen Ordner, die sich in einem lawinenartig verlaufenden Prozeß die freien Elemente unterjochen. Brygger behauptete, daß Mord ein solcher Ordner ist, und ich hatte den Eindruck, daß Selbstgebrannter ebenfalls unter diese Kategorie paßte.

»Ein Mord«, sagte Brygger, »vereinfacht eine komplexe zwischenmenschliche Situation, indem er die Rollen von Täter und Opfer installiert. Ein quasi stabiler Zustand ist die Folge. Er ist von zwei komplementären Folgen geprägt: Das Opfer ist stationär, will sagen, liegt unbeweglich am Boden, während der Täter um höchste Beweglichkeit bemüht ist. Er ist flüchtig. Beides bedingt sich gegenseitig. Der Tote ist räumlich gesehen extrem definiert, der Täter extrem undefiniert. Seine Lebensgeister sind im gleichen Maße geweckt, wie die des anderen erloschen sind. Dies schafft zwischen beiden eine besondere Beziehung, die im Augenblick der Tat kulminiert. Ein Moment großer Intimität, ähnlich wie es ein Liebesakt sein kann. Daher auch die persönlichen Reaktionen. Die Art, wie ein Mörder zusticht, die Art, wie ein Opfer sich verteidigt, beides ist kennzeichnend für die Personen wie Fingerabdrücke.«

»Wie Joiken«, warf ich mit schwerer Zunge ein. »Dabei gibt es charakteristische Turbulenzen. Dies ist übrigens unsere Chance, die Rätselnuß eines Verbrechens zu knacken. Wir müssen die Sprache des Falls lernen, das kann nützlicher sein, als nach Motiven zu suchen.«

Ich starrte auf den Rücken der Frau. Sie hielt sich sehr gerade. Während die Worte ihres Mannes an meinem Ohr vorbeirauschten, drehte sie sich um und warf mir einen kurzen, prüfenden Blick zu.

Wouwer hätte seinen Spaß an Bryggers Referat gehabt, dachte ich. Wieder ein Plädoyer gegen Motivsuche.

Ingrid Brygger kam mit einem Tablett. Sie stellte Tassen, Kanne, Zucker und einen Krug Milch auf den Tisch. Meine Sinne waren überreizt. Ich glaubte, das Shampoo in ihren Haaren zu riechen und den sanften Ton eines vom Körpergeruch besiegten Parfums.

Sie setzte sich und goß uns ein. »Nehmen Sie Zukker?« fragte sie mich. Ihre Stimme war überraschend warm und melodiös. Ich nickte. »Zwei Löffel bitte. Eine schlechte Angewohnheit aus der Kindheit.« Sie rührte sogar um, während ihr Mann dabei war, die Geheimsprache eines Mordes zu explizieren, der im letzten Jahr in Kautokeino geschehen war. Es ging um Eifersucht. »Sie war nicht das Motiv«, sagte Brygger, »sie war die Form der Beziehung. Das ist ein gravierender Unterschied...«

Ich hörte nicht mehr zu. Denn ich spürte ihren Fuß auf meinem. Ein fester und zugleich sanfter Druck. Wirklich, sie mußte ungewöhnlich lange Beine haben, so weit weg wie sie saß!

Sie lehnte sich zurück und zündete sich eine Zigarette an. Dann blies sie genüßlich den Rauch von sich und lächelte ihren Mann an. Die ganze Zeit spürte ich ihren Fuß, mal fester, mal leichter. Tore Brygger beobachtete uns mit seinem schläfrigen Blick. »Ingrid vermißt Gleichgesinnte«, sagte er. »Sie hat kulturelle Interessen.« Er sagte es, als ob es sich um einen überflüssigen Luxus handelte. Die Ironie in seiner Stimme hatte etwas Unangenehmes. »Wenn man die Stockholmer Oper gewohnt ist, genügt einem das Joiken nicht. Ingrid hat eine Gesangsausbildung. Sie hat im Opernchor mitgesungen. Jetzt ist ihre Stimme kaputt, weil sie zuviel raucht. Sie sagt, sie müsse sich einnebeln gegen unsere Quälgeister.«

Er schlug eine Mücke, die sich auf ein Stuhlbein gesetzt hatte, mit der flachen Hand tot. Ingrid blies ihm einen Schwall blauen Rauch geradewegs ins Gesicht.

Ich nahm meinen Fuß ein wenig zur Seite. Es war eine Überprüfungsmaßnahme sozusagen. Es dauerte nicht lange, und die Berührung war wieder da.

»Ich spiele ein wenig Querflöte«, sagte ich. »Es ist ein schönes Mittel gegen Einsamkeit.«

»Kann man in Ihrem Land überhaupt einsam sein?« sagte sie.

»Hohe Bevölkerungsdichte ist geradezu ein Nährboden für Einsamkeit.«

»Dann müssen die Mücken der Finnmark die einsamsten Wesen der Schöpfung sein.«

Ihr Blick schien ihre eigene Einsamkeit auszudrükken. »Ich hasse unmusikalische Menschen«, sagte sie. »Die Einwohner hier sind unmusikalisch.« Sie drückte mit einer fast gewalttätigen Bewegung ihre Zigarette aus, aber der Druck des Fußes blieb sanft.

»Meine Frau hätte das Ehepaar van Houten gerne näher kennengelernt, vor allem seit sie weiß, daß beide Musiker waren.«

»Bratsche und Geige«, sagte ich. »Sie war besser, aber sie spielte das Instrument mit der geringeren Bedeutung.«

»Wie professionell waren sie eigentlich?« fragte Bryggers Frau.

»Semiprofessionell. Gehobene Hausmusik. Beide hatten nicht viel Zeit zum Üben.«

Ingrid Brygger sah mich an. Es war ein fragender, kein prüfender Blick. »Und Sie, wie gut spielen Sie?«

»Etwa die gleiche Kategorie. Aber ich bin vermutlich noch mehr aus der Übung.«

»Haben Sie Ihr Instrument dabei?«

»Es liegt im Wagen.«

Ich fürchtete, sie würde mich bitten, etwas zu spielen.

»Wo ist die Toilette?« fragte ich und erhob mich. Auch Frau Brygger stand auf. Sie geleitete mich zum Flur und wies auf die Tür, auf der ein Plastikaufkleber mit einem stilisierten nackten Pärchen, er stehend, sie sitzend, beide pinkelnd, keinen Zweifel an der Funktion des Raumes aufkommen ließ.

Wir waren nur einen kurzen Moment allein, aber sie nutzte ihn, um mich zu küssen. Es war eine ganz zarte und leichte Berührung, dann drehte sie sich um und ging durch den Flur davon.

Als ich zurückkam, lief der Plattenspieler; zu meiner Überraschung war es bayrische Jodelmusik.

»Mein Geschmack«, sagte Brygger, »nicht der meiner Frau. Es ist wohl eine Art Joiken der Alpenbewohner. Übrigens, haben Sie eine Erklärung dafür, daß das Ehepaar van Houten seine Instrumente nicht dabei hatte?«

»Die klimatischen Verhältnisse, nehme ich an. Erst die Schiffsreise, dann die Gefahr der Hitze hier oben, die ich selbst noch nicht erlebt habe. Nichts für empfindliche Holzinstrumente. Beide verstanden etwas davon, wie Sie wissen.«

Ich sah Ingrid an.

»Sie waren die letzte, die die van Houtens lebend gesehen hat. Was für einen Eindruck hatten Sie?«

Ehe sie etwas sagen konnte, meldete sich Inspektor Brygger mit erstaunlich scharfer Stimme zu Wort: »Meine Frau hat alles zu Protokoll gegeben. Sie sah die beiden, als sie die Bank verließen. Es ist ihr nichts Ungewöhnliches aufgefallen.«

»Ich habe nicht Sie, sondern Ihre Frau gefragt«, sagte ich mit dem freundlichsten Tonfall, der mir zur Verfügung stand. Brygger erhob sich und schüttelte die Mineralwasserflasche. Sie war leer. Er schwankte leicht, als er den Raum verließ. Auch mir war nicht gut. Ich sah, wie Elvis Rock-'n'-Roll-Bewegungen zwischen den Bäumen machte.

Die kurze Zeit, die wir allein waren, nutzte Ingrid Brygger dazu, meine Hände zu nehmen und ihr Gesicht hineinzupressen. Als sie es wieder hob, waren ihre Augen voller Tränen. Brygger kam mit einem großen Kupferkessel zurück. »Der Stoff ist alle«, sagte er. »Wir werden neuen machen.«

Er schlug mit einem Hammer einen Nagel in die Holzdecke, direkt über dem Küchenherd. Dann hängte er die Destillationsanlage daran auf und drehte die Elektroplatten an. Er stellte ein Glas unter den dünnen Schlauch, der von den Glaskolben der Anlage herabhing. Bald begann es zu tropfen.

»Nicht gerade die feinste Art des Brennens«, sagte Brygger. »Die Hitze läßt sich kaum regulieren. Wollen hoffen, daß nicht zuviel Methylalkohol dabei ist.«

Er grinste und sah mich herausfordernd an. »Sie werden sich fragen, Kollege, warum sich ein Mann des Rechts an dieser illegalen Goldwäscherei beteiligt. Die Antwort ist: weil er nicht anders kann. Hier macht es jeder, vielleicht weil man die Gegend nicht anders erträgt. Wir bilden ein synergetisches System der Gesetzesübertretung, die dadurch zum Gesetz wird. Jeder hat jeden in der Hand. Verstehen Sie, dadurch gibt es kein

Unrecht. Scherte auch nur einer aus, bräche dieses Gleichgewicht in sich zusammen. Dann gäbe es Spitzel, Erpressung, Heimlichkeit. Besonders schlimm wäre es, wenn der Vertreter des offiziellen Rechts aus dieser unheiligen Allianz ausscheren würde.«

Inzwischen hatte sich genügend von der klaren Flüssigkeit im Glas angesammelt. Brygger schenkte ein und verdünnte diesmal mit Orangensaft. Seine Frau rauchte und trank. Ihre Hand zitterte, als sie das Glas zum Mund führte. Ihr Mann musterte sie. »Schön, daß du geweint hast«, sagte er. »Das wird unserem Gast beweisen, daß du eine Seele hast.«

»Schließen Sie die Augen«, sagte ich. »Rufen Sie sich das Bild der beiden in Erinnerung. Sagen Sie spontan, was Ihnen einfällt.«

Brav wie ein Kind gehorchte sie. Ich spürte, wie sie ihren Fuß fortnahm. Ihre Lippen zuckten, dann sagte sie leise: »Kälte, Haß, rote Flecken am Hals. Bei ihr. Verletztsein. Er gefühllos. Bewegt sich wie ein Automat. Sie gehen zum Auto. Er hält die Tür auf. Sie setzt sich. Er schlägt die Tür zu, mit Kraft. Bevor er einsteigt, wirft er mir einen Blick zu. Warten Sie…«

Sie öffnete die Augen und sah mich an. »Es war wie ein Hilferuf. Ein flehender Blick. Ich weiß es jetzt genau. Wie ein Ertrinkender blickt. Todesangst und Hoffnung.«

Sie senkte den Blick und sah auf ihre Hände. »Hilft Ihnen das weiter, Inspektor?«

»Ja«, sagte ich. »Alles, was nicht im Protokoll steht, hilft mir weiter. Nach außen hin präsentierten sich die van Houtens in größter Harmonie. Das Bild ist offenbar falsch. Ich danke Ihnen.«

»Ingrid hat ungewöhnlich viel Phantasie«, sagte Brygger. »Vor allem, wenn sie getrunken hat. Das hat sie mit den von ihr so wenig geschätzten Samen gemein. Eine halluzinatorische Begabung.«

»Du bist keine Halluzination«, sagte sie.

Beide schwiegen. Eine Stille wie dünnes Glas kurz vor dem Zerbrechen. Ein guter Resonanzkörper für das Tropfen der Destillationsanlage.

Ich erhob mich, äußerte meinen Dank und bat, in der nächsten Zeit noch einmal vorbeikommen zu dürfen. Ich würde jetzt fahren und mein Zelt aufbauen.

»Wenn es Ihnen zu ungemütlich wird, können Sie bei uns wohnen«, sagte Brygger.

Ich bedankte mich noch einmal und ging. Als ich die Tür schloß, sah ich sie wie erstarrt vor ihren Gläsern sitzen. Ein Ehepaar wie die van Houtens, dachte ich. Sie hätten sich wahrscheinlich gut verstanden.

Ich fuhr aus der Stadt und bog in die einsame Straße Richtung Bidjovagge ein. Rechter Hand tauchten die ineinandergehenden Seen des Stuorajavvre auf. Ihre Ufer waren von Krüppelwäldchen gesäumt. Einige Angler standen mit hohen Schaftstiefeln im Wasser. Sie bewegten sich immer wieder heftig, wegen der Mücken vermutlich.

Die Straße stieg leicht an. Der Sog der Weite verstärkte sich. Der Himmel schien sich immer höher zu wölben. Feine Wolkenfasern darin wie chinesische Schriftzeichen.

An einem Schneestock am Straßenrand hing ein schwarzer Stoffetzen, die Markierung der Polizei. Hier hatte ihr Auto gestanden.

Ich hielt und observierte die Stelle. Die Spur der Reifen war noch zu sehen. Ich fuhr das Auto genau in die alte Position. Es war lächerlich, ein plumper Beschwörungsversuch.

Dann schleppte ich mein Gepäck zu dem Platz, an dem die van Houtens kampiert hatten. Die Spuren im Rentiermoos waren gut zu erkennen. Langsam, mit fachmännischen Bewegungen, begann ich, mein Zelt aufzustellen.

10. Kapitel

Die Hitze mußte über Nacht gekommen sein. Ich wachte schweißgebadet und mit rasenden Kopfschmerzen auf. Die Sonne schien voll aufs Zelt. Als ich im blutroten Licht auf die Uhr sah, stellte ich fest, daß es erst kurz nach Mitternacht war.

Ich kroch aus dem Schlafsack und öffnete die beiden Zelteingänge, um Durchzug zu schaffen. Dabei kamen zahllose Mücken herein. Ich schlug nach ihnen, versuchte, sie zwischen meinen Handflächen zu zerquetschen. Aber jeder Schlag war wie eine Ohrfeige gegen meinen brummenden Schädel. Außerdem kamen immer neue Viecher durch die Maschen der Moskitonetze. Sie waren nicht eng genug für diese Quälgeister.

An Schlaf war nicht mehr zu denken. Ich lag nackt auf der harten Schaumstoffunterlage und versuchte, mir den Augenblick der Tat vorzustellen. Dieses plötzliche Hereinzucken der Messer.

Das grelle Rot im Raum entstand durch die Außenhaut des Zeltes. Eine Signalfarbe für extreme Einsätze bei Expeditionen. Ein Iglu mit einem Schneetunnel. Die van Houtens hatten eine sehr unpassende Ausrüstung für Sommertage in der Finnmark ausgesucht.

Während ich dalag, kam mir die Stille draußen gewalttätig vor. Sie drückte wie eine schwere Last gegen das Zelt. So sieht es in einer Gebärmutter aus, dachte ich, wenn die Schwangere mit nacktem Bauch in der Sonne liegt und das Blut in der Bauchdecke rötlich schimmert. Dann ein schwarzer Blitz, ein Eindringen von Stahl wie beim Kaiserschnitt. Mein Herz klopfte, Blut würde man in diesem Licht kaum sehen können.

Das Zelt begann sich zu drehen, in der Stille zu taumeln wie eine Satellitenkapsel im Weltall. Schwarze Flecken huschten durch mein Gesichtsfeld wie Asteroidenschwärme. Ich trank einen Schluck Wasser und hatte den Eindruck, davon wieder betrunken zu werden.

Ich hatte einen gewaltigen Kater, und es gab nur eine sinnvolle Gegenmaßnahme: Ich mußte raus. Ich riß den Moskitovorhang auf und kroch in diese seltsame, wie ein Tag illuminierte Nacht. Der Schweiß auf meiner Haut trocknete kühlend im leichten Wind, das pulvertrockene Rentiermoos kitzelte und staubte unter meinen Fußsohlen. Ich hüpfte und sprang umher wie ein neugeborenes Fohlen.

In einiger Entfernung senkte sich die Landschaft muldenförmig ab. Dort gab es Wasser, kleinere Seen mit Felseninseln. Unnatürlich blau und lockend schimmerte es. Ich lief los und merkte bald, daß Entfernungen in dieser Einöde kaum zu schätzen waren. Ich rannte und rannte, barfuß und nackt, aber ich kam dabei dem See kaum näher. Als ich mich umdrehte, waren Auto und Zelt nur noch zwei farbige Punkte.

Ich hätte zurücklaufen sollen, aber der Sog der Weite riß mich fort. Es war unglaublich, wie leicht ich mich plötzlich fühlte. Als ich das Wasser endlich erreicht hatte, kniete ich nieder, um es zu kosten. Ich sah, wie ein Gesicht sich einem Gesicht näherte, das meinem glich, wie Lippen Lippen berührten zu einem Kuß auf einem kalten Spiegel. Das Wasser schmeckte moorig, trotz seiner Reinheit. Ich trank in langen Zügen. Dann glitt ich hinein, über glitschige Steine. Moderwolken wirbelten auf. Der See war nur an der Oberfläche wohltemperiert, darunter aber grabeskalt. Ich schwamm ein paar Stöße. Dann lief ich zurück, von dichten Wolken zahlloser Mücken begleitet. Ich atmete sie ein, hustete, weil sie im Rachen kitzelten. Aber meine Kopfschmerzen waren wie weggeblasen.

Es dauerte endlos lange, bis ich wieder am Zelt war. Ich machte den Kocher an und füllte den Kessel mit Wasser aus meiner Flasche. Ich war ausgekühlt trotz der Hitze. Erst als ich meine Kleider wieder anhatte, Tee schlürfte und Knäckebrot mit Corned beef aß, wurde mir warm und wohl.

Die Grenze zum Irrsinn ist fließend, dachte ich. Besonders hier im Norden. Es genügt offenbar schon, ein paar Schritte zu gehen, und man ist in der Gefahr, sie zu überschreiten.

Es fiel mir schwer, mich auf meine Pflichten zu besinnen. Ich war schließlich hier, um einen Mordfall zu untersuchen, und meine Reise wurde von Steuergeldern bezahlt. Also begann ich, die Umgebung des Zeltes zu untersuchen. Ich umkreiste seinen Standort in einer sich weitenden Spirale und musterte den Boden. Es war lächerlich, wie Ostereiersuchen. Man hatte schließlich alles schon gründlich in Augenschein genommen.

Ich fand einige Bierdosenlaschen und den Arm einer Negerpuppe. Samen zogen mit ihren Herden und Familien durch diese Gegend. Warum sollten Samenkinder keine Negerpuppen haben?

Gegen Mittag bezog sich der Himmel mit feinen Zirren. Die Sonne stach nicht mehr, dafür die Mücken um so mehr. Ich entsann mich, daß die Lappen laut Linné Feuer machten, wenn es zu arg wurde, und sich in den Rauch setzten. Also sammelte ich Holz. Weit verstreut fand ich immer wieder knochenbleiche Äste. Als das Feuer brannte, warf ich angefeuchtetes Moos in die Flamme. Es roch gut, und es half. Schwer erträglich war nur die zusätzliche Wärme.

Ich setzte mich in die Rauchschwaden und las mit tränenden Augen in der »Nemesis divina«. Die Umgebung verstärkte noch die schwermütige Poesie dieser Sätze. »Nichts ist so trügerisch wie das menschliche Leben, nichts so tückisch; keiner wahrlich hätte es angenommen, wenn es ihm nicht in seiner Ungewißheit gegeben würde.« Es waren Schläge, die genau trafen. »Hinterrücks droht der Tod. Er ist der Räuber aller Dinge.«

Ich blickte mich um, wedelte den Rauch mit den Händen beiseite, um besser zu sehen, denn ich hatte plötzlich Angst. »Alle sind wir für den Tod bewahrt. Das ganze Volk, das du siehst, für alle ist die Todesstrafe festgesetzt. Was für ein Unterschied, ob wir auf Befehl zum Tode gehen oder freiwillig?«

Wie hatte dieser Mann die Bürde seines Denkens nur schleppen können! Ich saß da, hustend in den Rauchschwaden, und überlegte ernsthaft, ob ich nicht aufgeben sollte. »Was ist es also für ein Unterschied, ob ich die Erde über mich lege oder sie sich über mich?«

Ich warf das Buch beiseite und rannte unschlüssig auf und ab, und ich sah, wie die Sonne kreisförmig diesen einsamen Fleck Erde umwanderte, an dem ein Mord begangen worden war. Sie stand bereits ziemlich weit im Norden, also mußte es schon wieder spät in der Nacht sein.

Ich kroch ins Zelt, denn ich war müde, ohne müde zu sein. Der oder die Mörder hatten die van Houtens im tiefen Schlaf überrascht. Sie mußten also von Süden gekommen sein, gegen die Sonne laufend, um keinen verräterischen Schatten auf die Zeltwand zu werfen. Im Süden lagen jene Seen, in denen ich heute gebadet hatte, oder war es gestern?

Wieder befiel mich Angst. Ich hatte sie provoziert, denn ich hoffte, aus dieser Angst heraus mehr vom Vorgefallenen zu begreifen. Wäre nur diese Stille nicht gewesen; sie war schlimmer als die Hitze.

Um schlafen zu können, versuchte ich es mit Selbsthypnose. Ich stimulierte die Vorstellung, immer jünger und kleiner zu werden. So lag ich da in diesem Gebärmutterlicht und schrumpfte allmählich zu einem Embryo. Winzig klein und halbkreisförmig gekrümmt lag ich da. So mußte ich endlich eingenickt sein, denn ich erwachte von einem scharfen Knall. War es ein Schuß? Dazu war das Geräusch nicht trocken genug. Eine Wagentür konnte es gewesen sein. Eine Wagentür, die ein Mensch zugeschlagen hatte.

Ich lag mit klopfendem Herzen da und spürte deutlich, daß ich nicht mehr allein war. Ich war nackt, nur in einen dünnen Schweißfilm gehüllt, der mich nicht schützen konnte.

Plötzlich hörte ich Schritte, trockenes Knistern des Rentiermooses unter dem Gewicht eines Körpers. Die Schritte kamen näher. Es war unnatürlich laut, wie ich die zu lange angehaltene Luft mit einem pfeifenden Geräusch aus meiner Brust hinausstieß. Der andere hatte es auch gehört, denn die Schritte brachen ab. Zwei–, dreimal atmete ich tief durch, dann hielt ich die Luft wieder an. Mit der rechten Hand tastete ich nach meinem Fahrtenmesser, dann richtete ich mich vorsichtig auf.

Die Schritte waren wieder zu hören. Sie waren schneller geworden und kamen näher. Mein Herz folgte ihrem Rhythmus. Ein wolkiger Fleck tauchte auf der Zeltwand auf. Er wuchs nach oben und wurde breiter. Wer es auch war, er kam aus der Sonne, die jetzt ungefähr im Osten stehen mußte.

Ich wollte ihn nicht warnen. Er sollte denken, daß ich schlief. Ich wollte die Nemesis, die Wiederholung der Tat, glaubte, daß sich das Rad des Schicksals genau einmal um sich selbst gedreht hatte. Deshalb machte ich keine Bewegung, ahmte das gleichmäßige Geräusch eines Schläfers nach, als der Schatten jetzt ganz über die Zeltkuppel wuchs. Dann glitt er weiter, verschwand. Doch hörte ich keine Schritte mehr, also war er noch da, lauerte. Auch ich lauerte, das Messer fest im Griff.

Dann geschah es: Ein Ratsch, der Reißverschluß klaffte auf, eine Hand erschien, ein Arm, Haare wie ein schwarzer Vorhang, den die Hand zur Seite streifte, so daß ich ihre Augen sah. Sie waren lavendelfarben in dem roten Licht.

Mit einer Schlängelbewegung kam sie ins Zelt und setzte sich mit angezogenen Beinen neben mich. Ich hatte ein paar Kleidungsstücke zusammengerafft und sie über meinen Unterleib gebreitet. Der überstandene Schreck ließ mich frösteln. Sie sagte kein Wort, wirkte wie erstarrt. Dann setzte sich ihre Hand in Bewegung, griff nach mir, langsam wie in Zeitlupe, berührte mich an der Schulter, fuhr über meinen Brustkorb, berührte nacheinander meine Brustwarzen, den Adamsapfel, glitt meine Wangen hoch. Ihre Hand bildete eine weiche Schale, die meinen Kopf hob, während ihr Gesicht sich meinem näherte. Dann küßten wir uns. Ihre Zunge bewegte sich in meinem Mund. Sie packte mich mit beiden Händen und schob mich zurecht, öffnete ihre Bluse und preßte sich mit ihren Brüsten gegen mich, wie in einem Film, in einem dieser B-Movies, die mich in meiner Pubertät so fasziniert hatten.

11. Kapitel

Ich stand vor dem Zelt und sah dem Auto nach, das, mit einer goldenen Staubfahne im Schlepp, geradewegs in die Sonne fuhr. Es war ungefähr sechs Uhr morgens.

Ingrid hatte nicht reden wollen. Immer, wenn ich es versuchte, hatte sie mir eine Fingerkuppe auf die Lippen gepreßt. Mehrmals hatte sie Heulkrämpfe gehabt, dazwischen schien sie bester Laune, hatte auf meinem Transistorradio die Kurzwelle abgesucht. Aus irgendeinem Erdteil hatten wir Musik empfangen, verzerrt und auf- und abschwellend, eine Händeloper, wie mir schien. Stimmen und Klänge wie exotische Pflanzen, zwischen denen wir lagen mit unseren korallenfarbenen Körpern, denen die Beleuchtung die Nacktheit nahm.

Erst als wir mit Bechern voller Bohnenkaffee vor dem Zelt standen, hatten wir ein paar Worte gewechselt.

»Was ist mit deinem Mann?«

»Er ist dienstlich in Alta. Er kommt erst heute nachmittag zurück.«

»Wirst du es ihm sagen?«

»Wie komme ich dazu. Er lebt sein Leben, ich meines.«

»Jeder in Kautokeino wird wissen, daß du über Nacht fort warst. In dieser Gegend kann man doch nichts verstecken.«

»Die Leute sind es gewohnt, daß ich manchmal nachts wegfahre. Ich brauche die Einsamkeit.«

»Ist dein Mann eifersüchtig?«

»Sehr. Er würde dich ohne mit der Wimper zu zukken umbringen. Hier würde man es auch verstehen. Sie haben ihre eigene Moral. Vor der Ehe ist alles erlaubt, danach nichts mehr. Ehebruch gibt es nicht. Die Lappen sind sehr freizügig und sehr konservativ.«

»Warum bist du gekommen?«

»›Warum‹, ›warum‹, ein typisches Wort für euch Polizisten. Tore sagt auch immer: ›Warum hast du den Kaffee kalt werden lassen?‹ ›Warum liebst du mich nicht?‹ Ich hasse ›Warums‹.«

Sie wirkte aggressiv, aber dann schlang sie plötzlich die Arme um meinen Hals und küßte mich leidenschaftlich, ehe sie ohne ein weiteres Wort in den Wagen stieg. Sie hatte das Fenster heruntergekurbelt und gerufen: »Ich komme so bald wie möglich wieder. Frag nicht, warum!« Dann hatte sie übertrieben Gas gegeben und mir zum Abschied eine große Staubwolke beschert.

Es schien mir am besten, Ingrids Besuch als Faktum hinzunehmen, das keiner Interpretation bedurfte. Ich war so müde, daß ich ins Zelt zurückkroch und sofort einschlief.

Meine innere Uhr war nun vollkommen verstellt. Ich frühstückte am späten Nachmittag. Dann machte ich mich auf zu den Kupfergruben von Bidjovagge.

Die Straße dorthin führte weiter bergan, die Landschaft wurde von Minute zu Minute trostloser. Graues, flaches, rissiges Gestein, Geröll, keine Pflanzen mehr, eine geschundene Erdkruste voller Narben. In einigen Spalten gab es Schneereste.

Schließlich erreichte ich den Rand der Pinge. Sie hat riesige Ausmaße. Überall Schutt von Sprengungen, rostige Rohrleitungen, Drahtseile, Schienen mit geborstenen Schwellen, verbeulte Loren, einige Wellblechbaracken mit gesprungenen Fensterscheiben. Ich parkte und schloß die Autotüren ab.

Alles wirkte wie fluchtartig verlassen. Eine Rampe führte hinab auf den Boden der Pinge. Man konnte bequem hinunterlaufen. Vom Grund des Kessels aus wirkte der Himmel mit seinen feinen Wolkenschraffuren wie ein raffiniertes Deckengemälde. An einigen Stellen führten Stollen in den Berg. Sie waren offen, jedoch ungewöhnlich niedrig. Die Dunkelheit in ihnen hatte etwas Körperliches. Ich mußte mich zwingen, dort einzudringen. Ich hatte meine Taschenlampe eingesteckt. Ihr schwacher Strahl war so etwas wie ein Blindenstock, mit dem ich mich in die eiskalte Unterwelt vortastete.

Normalerweise neige ich nicht zu Klaustrophobie, doch diesmal war es anders. Mich überfiel eine richtige Kinderangst. Ich hörte plötzlich, daß ich zu singen begonnen hatte, bekanntlich ein altes Beruhigungsmittel in solchen Fällen. Ich sang etwas von Tom Waits: »I find we'll lie down together in the cold cold ground, cold cold ground, cold cold ground...«

Ich blieb stehen und lauschte. Das Echo meiner Stimme brach sich noch mehrfach, dann war nichts zu hören außer dem Geräusch tropfenden Wassers.

Ich tastete weiter. Der helle Kreis des Lampenlichts sprang über roh behauene Wände und geknickte Holzstützen. Dann öffnete sich der Stollen in einen kuppelförmigen Raum, von dem aus drei Gänge tiefer in den Berg hinein führten. Ich entschied mich für den mittleren, wohl weil er am stabilsten aussah.

Die Vorstellung, sich hier unten in den Teufe, wie die Bergleute es nennen, zu verlaufen, war höchst beängstigend. Mir war nicht klar, was ich hier überhaupt wollte. Manchmal blieb ich stehen und rief »Hallo«. Dann gab es Kaskaden hallender Echos. Manchmal watete ich durch Wasserpfützen. Auf dem Holz der Stützen wuchsen Kolonien von Schimmelpilzen. Die Luft roch faulig. In verlassenen Gruben können sich explosive Gase sammeln, daher traute ich mich wegen des Löschfunkens nicht, die Taschenlampe auszuschalten, um Strom zu sparen.

Plötzlich hörte ich ein Stöhnen, eindeutig ein menschlicher Laut, wie von einem Verletzten. Mich packte blankes Entsetzen. Ich begann zu rennen, soweit dies mit krummem Rücken geht, tiefer in den Berg hinein, denn das Stöhnen war hinter mir. Es schnitt mir den Weg ab.

Dem Bergmann ist sie vertraut, die Stimme des Holzes, wenn es hohem Druck ausgesetzt ist. Ich aber geriet damals in Panik. Dann stieß ich mit dem Kopf gegen einen herabhängenden Holzbalken, stürzte, verlor die Taschenlampe, die beim Aufprall erlosch, lag in eiskaltem Wasser auf dem Rücken und sah einen ganzen Sternenhimmel von Lichterscheinungen über mir. Ich hätte mir einreden können, ins Freie gelangt zu sein, aber dann fiel mir ein, daß die Nächte in dieser Gegend und um diese Jahreszeit taghell sind.

Endlich wurde mir das Lächerliche meines Benehmens bewußt. Ich erhob mich auf die Knie und tastete meine Umgebung ab. Dabei bekam ich etwas Bewegliches in die Finger. Erst hoffte ich, es sei die Taschenlampe, aber das Ding war leichter. Außerdem elastisch, biegsam, glatt. Es hatte irgend etwas von einem Tier.

Dann fand ich die Taschenlampe im Wasser. Sie funktionierte noch, und ich sah, was ich in der anderen Hand hielt. Einen roten Schuh. Einen Frauenschuh. Einen tomatenroten, hochhackigen Pumps, die Sohle kaum abgelaufen. Ich drehte ihn hin und her. Es war ein großer Schuh. Größe Neun.

Das Licht der Lampe war schwach geworden. Ich erhob mich und stand regungslos da. Dabei hatte ich das komische Gefühl, daß meine Augen und Ohren immer größer wurden. Das Atmen fiel mir schwer. Ich hechelte wie jemand, der zu wenig Sauerstoff bekommt.

Es war klar, daß ich so schnell wie möglich aus der Grube hinaus mußte. Ich steckte den Schuh ein und lief los. Manchmal stieß ich gegen einen Balken, mein Kopf schmerzte, ich fror und schmeckte das süßliche Blut, das mir von der Stirn herablief. Doch es war mir gelungen, die Angst abzuschütteln. Als ich die Hauptstrecke erreichte, die leicht aufwärts führte, war mir trotz der Beschwerden richtig wohl zumute. Dann sah ich den ersten Schimmer von Tageslicht. Ein ovales Loch, durch das Sonne hereinflutete wie aus einer Quelle.

Als ich draußen stand und mir die Augen rieb, fühlte ich mich wie neu geboren. Alles war überraschend, die Farbe, die kühle, frische Luft. Sie perlte wie Sekt in der Lunge. Die Sonne stand messinggelb über den Abraumhalden. Die Masten einer Hängebahn warfen lange Schatten.

Irgend etwas war verändert, und es dauerte eine Weile, bis ich wußte, was es war. Es war die Stille. Sie hatte ihre Tiefe verloren, war gemustert von Klängen, die mir vertraut waren, ein dumpfes Dröhnen, Maschinenrhythmus, verzerrte Synkopen. In meiner Heimatstadt konnte man diese Geräuschkulisse in vielen Straßen bis weit nach Mitternacht hören. Es war Rockmusik, aggressiv durch Lautstärke und Monotonie, von Häuserwänden und Entfernung nur unzureichend gedämpft. In dieser Gegend wirkte sie fremd und bedrohlich wie Voodooklänge.

Ich erklomm den höchsten Schuttberg am Rand der Pinge und sah mich um. Als ich die Hand als Schirm gegen das intensive Sonnenlicht einsetzte, erkannte ich einige flache, langgestreckte Schuppen in der Nähe. Wahrscheinlich die alten Bürogebäude der Mine.

Vor der größten Baracke standen Autos, mindestens zwanzig, die meisten davon Geländefahrzeuge.

Ich lief in die tiefstehende Sonne hinein auf das Gebäude zu. Jetzt hörte man außer dem dumpfen E-Baß und den nervtötenden Schlagzeugtriolen auch Gitarrenriffs und Gesang, dazu Gejohle, Gelächter und Stampfen von Schuhen auf einem Bretterboden.

Ich blickte durch eins der Fenster und sah ein vertrautes Bild. Verzückte Gesichter, verrenkte Körper, Hysterie eines Gefühls, sich aufzulösen in Nähe, Schweiß- und Zigarettengeruch, Alkohol und Beat. Berührung der Leiber als kleine elektrische Schläge, keine wirkliche Körpernähe, nur Versprechungen und ihre augenblickliche Zurücknahme.

Mir war dieser Zustand nicht fremd. Ich hatte ihn selbst oft genug gesucht, um meiner Einsamkeit Schärfe und Kälte zu nehmen. Jetzt wollte ich mitbaden in diesem Tümpel des Lebens.

Ich hatte jedoch nicht mit einem Effekt gerechnet, der hier besonders kraß in Erscheinung trat. Es gibt viele große Holländer. In Diskotheken war meine Körpergröße, zumindest wenn ich tanzte, wenig aufgefallen. Hier jedoch, unter Leuten, die fast alle nur zwischen 1,50 und 1,60 Meter groß sind, löste mein plötzliches Erscheinen einen Schock aus. Ich begriff, daß ich für sie eine Art Freak sein mußte, ein mißgestalteter Riese. Sie kreischten, lachten, zeigten mit Fingern auf mich, bildeten einen Kreis, dessen Mittelpunkt ich war. Die Band hatte aufgehört zu spielen.

Dies war kein Bad in der Menge. Es war ein einsames Bad, und die Menge bildete den Beckenrand. Die meisten Samen waren blutjung, trugen Jeans, Turnschuhe und T-Shirts mit flotten Sprüchen. Viele wirkten betrunken, ich sah die gezückten Flachmänner, Mädchen, die stark geschminkt waren und billigen Kaufhausschmuck trugen, Typen mit Tätowierungen und großen Lappenmessern an der Hüfte. Es war schwer zu sagen, ob die Situation komisch oder aggressiv war. Die Samen sind selbst eine politisch und ethnisch unterdrückte Minderheit. Hier war ich offenbar in einer solchen Position. Ich mußte etwas tun, um nicht zum Katalysator der gleichen Vorurteile zu werden, unter denen normalerweise die Lappen zu leiden hatten.

Ich tat wohl das Verrückteste, was man in einer solchen Lage tun konnte, trat im wahrsten Sinne des Wortes die Flucht nach vorn an, indem ich zu joiken begann. Erst leise und unbeholfen, dann immer lauter, mit Lalulos, wie ich sie von der Zugfahrt noch im Ohr hatte. Ich war mir im klaren darüber, daß ich nur eine unzulängliche Parodie zustande brachte. Das war kein Selbstfindungsgesang. Doch der Effekt war ungeheuerlich. Ich entzündete in einem anfangs eisigen Schweigen einen wahren Flächenbrand von anderen Lalulos. Hände mit dem Sieges-V flogen hoch, Flaschen mit Selbstgebranntem wurden mir entgegengereckt, der Kreis wurde enger, dann berührten sie mich, griffen nach meinen Beinen, meinen Kleidern, wie Kinder, die sich mit einem Geschenk vertraut machen.

Der Bann war gebrochen. Die Band begann zu spielen, die Leute tanzten und ich mitten unter ihnen. Es war unmöglich, ihnen klarzumachen, daß ich weder rauchen noch trinken wollte. In den Pausen stand ich umringt von Mädchen und Jungen an einer Art Bar, wo man Sandwiches und Leichtbier kaufen konnte, das die meisten aus ihren Flachmännern anreicherten. Ich wurde in unbeholfenem Englisch mit Fragen bestürmt, woher ich sei, was ich vom Norden hielte, vom Aussehen ihrer Mädchen.

Ich selber fragte auch und erfuhr, daß ein Teil der Grube immer noch in Betrieb sei. Man fördere ein wenig Kupfer für die einheimische Schmuckindustrie. Die meisten der Mädchen arbeiteten dort. Von den Männern einige im Bergbau, andere im großen Schlachthof von Kautokeino.

Eines der Mädchen hatte ich wiedererkannt. Es war die Bankangestellte. Sie hatte ihre Zwillingsschwester dabei, genauso blond und hübsch, wenn man sich vom Klischee der amerikanischen Serienschönheit freimacht. Mir fiel auf, wie aggressionslos auch die Betrunkenen miteinander umgingen und wie groß die Gleichberechtigung zwischen den Geschlechtern war.

Der Uhrzeit nach war es früher Morgen, als die Band zu spielen aufhörte und die Anlage abzubauen begann. Ich wollte gehen, aber meine beiden Freundinnen hakten mich rechts und links unter und meinten, daß die Party jetzt erst richtig losgehen würde. Ich solle mitkommen zu Matti.

Ich willigte ein, denn es machte mir Spaß, mich treiben zu lassen. Nur dann würde ich schließlich herausfinden, was die Nemesis vorhatte. Das Auto ließ ich stehen, weil ich der Meinung war, zuviel getrunken zu haben. Die Vorstellungen der jungen Leute hier waren weniger streng. Die Autokarawane setzte sich nach einer Kanonade zuschlagender Autotüren mit aufheulenden Motoren und durchdrehenden Rädern in Bewegung. Sie fuhr in atemberaubendem Tempo, Staubwolken nahmen die Sicht. Schneestangen wurden bei waghalsigen Überholmanövern überfahren. Das Radio lief auf voller Lautstärke, und jedes Schlagloch wurde mit Gelächter quittiert.

Wir saßen zu siebt im Auto, ich zwischen den beiden Mädchen eingeklemmt. Sie hießen Inga und Anna, und sie amüsierten sich damit, mich dadurch zu verwirren, daß sie ständig ihre Namen tauschten.

»Sag mal, Anna, warum heißt du eigentlich Inga?« sagte Anna oder Inga, und Inga oder Anna antwortete: »Weil Anna der schönere Name ist. Aber Inga ist genauso schön.« – »Deshalb heiße ich ja Anna, obwohl ich in Wirklichkeit Inga heiße.« Ich sah von der einen zur anderen. Beide hatten sich unter meine Achselhöhlen gekuschelt und kicherten ohne Unterlaß.

Wir hielten vor einem großen Holzhaus. Alle zogen die Schuhe aus, ehe sie eintraten. Auf der Veranda häufte sich das Schuhwerk, keines größer als 3 1/2.

Drinnen lagerten die Gäste in allen Räumen. Viele saßen auf dem Boden. Der Fernseher lief. Unmengen Kaffee wurden gekocht und ausgeschenkt. Es gab auch Nachschub an Selbstgebranntem.

Anna und Inga zogen mich in die »gute Stube«. Böden, Wände und Sitzmöbel waren mit Fellen bedeckt. Mitten im Zimmer saß auf einem dreibeinigen Schemel ein alter Mann. Er trug ein Wams aus weichem Leder mit reich besticktem Kragen. Sein Gesicht war braun und dicht mit Runzeln bedeckt; es sah aus wie eine schlecht gebrannte Tonmaske. Seine wasserklaren Augen musterten mich lange, ohne daß seine Miene etwas über seine Gedanken verriet. Dann reckte er seine Hand. Ich trat zu ihm, um sie zu schütteln.

»Willkommen in meinem Haus, Stallo«, sagte er in singendem Englisch. »Sei nicht beleidigt, wenn ich dich Stallo nenne. Stallo ist der dumme Riese in vielen unserer Geschichten. Wir überlisten Stallo immer wieder. Bedenke, wir sind sehr kleine Leute und haben solche Märchen nötig für unser Selbstbewußtsein. Ich heiße Matti Utson. Da ich der Sippenälteste bin, hört man auf meinen Rat, aber man befolgt ihn nicht.« Er lachte und erhob sich dabei. Dann führte er mich zu einem der Stühle und lud mich mit einer Handbewegung zum Sitzen ein. Wie in einem englischen Club, dachte ich, als Matti Utson mit zwei großen Kognakschwenkern zurückkam. Er wärmte das dünne Glas über einer Kerzenflamme und goß aus einer schön verzierten Kristallflasche eine bernsteingelbe Flüssigkeit ein. »Echter Martell. Besser als unser Teufelszeug.«

Utson hob das Glas und stieß mit mir an. Ich war selbst im Sitzen noch größer als er. »Liebst du Musik?« fuhr er fort. »Ja«, antwortete ich, »vor allem –« Er fiel mir ins Wort. »Ich weiß, daß du jede Musik schätzt, die gut gemacht ist und die ein wenig Tiefe besitzt. Deshalb möchte ich dir etwas vorspielen, wofür meine Landsleute gewöhnlich keine Ohren haben.«

Er ging zu einem Hi-Fi-Turm, der wie ein Monolith mitten im Raum stand, und schob eine Kassette ein. Dann holte er seinen Melkschemel und setzte sich zu mir.

Ich bemerkte, wie kraftvoll er sich bewegte und wie stark und muskulös seine Hände wirkten. Sie hielten das Glas wie eine Seifenblase.

Plötzlich erklang eine tiefe, brüchige Stimme. Es dauerte ein Weile, bis ich begriff, daß sie französisch sang. Dann erkannte ich die Sängerin, Juliette Greco. »Ich habe alle Lieder von ihr«, sagte Matti Utson. »Das ist besser als Joiken, findest du nicht?« Er goß Kognak nach. »Sie hat eine Stimme wie ein Mann und doch ist sie ganz und gar Frau. Eine sehr schöne Frau. Das gefällt mir. Ich bin ihr nördlichster Ohrenliebhaber. Das macht mich stolz. Schade, daß sie es nicht ahnt. Meine Familie hat kein Verständnis dafür. Die Jungen hören am liebsten diese amerikanische Musik, die taub macht. Ja, der Fortschritt hat nicht alles besser gemacht. Soll ich es dir beweisen?«

Er sah mich listig an und verschwand. Juliette Greco sang: »Dieu est nègre.«

Matti Utson kam mit einem Teller zurück, auf dem zwei große Stücke Fleisch lagen. Er zog sein langes Messer aus der Lederscheide, die an seinem roten, bestickten Gürtel hing, und schnitt von jedem Stück einige dünne Scheiben ab.

»Koste und sag mir, welches besser schmeckt, und ich sage dir, ob du einen klugen Gaumen hast.«

Ich probierte und fand beide Fleischsorten köstlich. Sie waren geräuchert. Man schmeckte die Gewürze heraus. Die Farbe war dunkelrot bis schwarz, wie venöses Blut. Ich kostete noch einmal. Dann deutete ich auf die eine Portion, die ein wenig fremdartiger als die andere schmeckte.

»Du hast recht«, sagte er, »oder richtig geraten.« Er lachte. »Das ist das bessere Stück. Beides ist Fleisch vom

Ren. Und zwar vom Stier. Beides ist nach alter Tradition im Zelt geräuchert, mit Birkenzweigen. Doch es gibt einen Unterschied. Jedes Fleisch enthält einen anderen Tod.«

Ich sah meinen Gastgeber verständnislos an, was ihn mächtig zu amüsieren schien. Er rieb sich die Hände vor Vergnügen und fuhr fort: »Der eine Stier starb hier im Schlachthaus. Bolzenschuß, dann Ausbluten am Haken. Das Fell maschinell abgezogen. Kein würdiger Tod für ein Rentier. Schon vorher drehen sie durch, wenn sie das viele Blut ihrer Artgenossen riechen. Im Lkw verletzen sie sich bereits. Viele zerbrechen ihr Geweih vor Angst.«

Matti Utson nippte am Glas. Er genoß es sichtlich, mich aufzuklären.

»Der andere Stier wurde nach alter Art getötet. Unter freiem Himmel. Mit einem einzigen Messerstich zwischen die oberen Halswirbel. Direkt ins Hirn. Kein grausamer Tod. Die Seele wird nicht vor dem Körper umgebracht, und das ist wichtig, denn auf die Gleichzeitigkeit kommt es an. Weißt du, wie die Alten bei uns den Tod dargestellt haben? Als ein sich im Wasser spiegelndes Boot. Das Wasser ist so glatt, daß man Original und Spiegelbild nicht unterscheiden kann. Der Augenblick des Sterbens ist die schmale Linie dazwischen; nur wenn sie genau ist, wie mit dem Messer gezogen, nur dann stirbt man einen guten Tod. Denn der Tod ist ein Übergang, er darf keine qualvolle Strafe sein. Ich sage dir, Stallo, dieses Ren hier hat einen besseren Geschmack, weil es besser gestorben ist als das andere. Die

Seele hat bis zum letzten Moment die Fleischfasern süß und offen gehalten für den Rauch. Das andere Tier hatte seine Seele schon vorher verloren, sein Fleisch konnte den Rauchgeschmack nicht mehr so gut aufnehmen.«

Matti Utson hatte sich warm geredet. Er schenkte nach und begann leise zu Juliette Grecos Gesang zu summen. Anna und Inga lagen auf Rentierfellen in der Nähe und waren eingeschlafen.

Utson beugte sich vor und flüsterte: »Ich bin Noiade, Hieronymus. Der Pastor hört es nicht gerne. Aber auch er weiß, daß ich Noiade bin. Ein Noiade kann, wenn er will und sich in den richtigen Zustand versetzt, die Zukunft vorhersagen. Willst du deine Zukunft hören, Stallo? Ich weiß nicht, ob es eine angenehme Auskunft ist. Ich kann dir nur versprechen, daß du einen Hinweis bekommen wirst, wenn ich die Trommel sprechen lasse. Es liegt an dir, wie du ihn deutest. Aber erst muß ich die Ungeduld in mir töten. Warte, Stallo. Trink noch ein Glas von diesem guten Saft und höre dir die schöne Musik an.«

Er verschwand. Als er zurückkam, hatte er eine ovale Trommel aus schön gemustertem Holz dabei. Auf ihr Fell waren mit roter Farbe einfache Zeichen, Symbole, Strichmännchen gemalt.

Matti Utson nahm die Trommel zwischen seine Knie und begann, mit einem Knochen zu spielen. Die Schläge und Wirbel waren zunächst ganz leicht, fast zärtlich. Dann nahmen sie an Stärke und Schnelligkeit zu. Utson hatte die Augen geschlossen, und auch ich schloß sie bald. Es war, als käme der Rhythmus aus meinem Inneren.

Von nebenan hörte ich Beatmusik und den Lärm der zechenden Jugend. Aber immer mehr übertönte das Getrommel des Samen diesen Hintergrund. Je intensiver ich zuhörte, um so fremder wurde ich mir.

Mir fiel plötzlich ein Film ein, für den ich als Jugendlicher geschwärmt hatte. »Orphée« von Jean Cocteau. Orphée war durch einen Spiegel aus der Wirklichkeit ins Totenreich getreten. Juliette Greco hatte mitgespielt. Sie war die Anführerin der Erinnyen, der Göttinnen der Rache. Sie hatten Orpheus schließlich im Auftrag der Nemesis getötet.

Ich wußte nicht, ob ich eingeschlafen war. Als ich die Augen öffnete, sah ich, daß der Raum sich inzwischen gefüllt hatte. Überall standen und hockten sie und lauschten Matti Utson, der immer noch trommelte, besessen wie ein Voodoopriester. Er war nicht wiederzuerkennen. Sein Gesicht war rot, Schweiß lief ihm von der Stirn, er verdrehte die Augen, Speichel tropfte von seinen Lippen, mitunter stieß er einen unartikulierten Schrei aus.

Plötzlich brachen die Trommelwirbel ab. Mit zitternden Händen stellte Utson die Zaubertrommel neben sich auf den Boden. Alle rückten näher und beugten sich vor. Auch Inga und Anna waren dabei. Ich erhob mich, und man machte mir respektvoll Platz.

Utson nahm mich bei der Hand und zog mich mit erstaunlicher Kraft zu sich herab. »Sieh dorthin«, sagte er. »Die Trommel hat dir etwas zu sagen.«

Auf dem Fell lag ein kleiner, metallischer Gegenstand: die abgebrochene Spitze eines Messers.

»Sie ist durch mein Spiel über alle Zeichen gewandert«, sagte Matti Utson. »Ich habe keinen Einfluß genommen. Meine Augen waren immer geschlossen. Jetzt liegt sie da, wo sie war, als ich aufgehört habe, die Trommel auszufragen. Erkennst du das Zeichen?«

Ich nickte. Es waren zwei Boote, die sich an der Wasserlinie spiegelten.

»Du weißt, was es bedeutet?«

Ich nickte wieder.

»Es bedeutet Tod«, sagte Utson. Er schlug mir freundschaftlich auf die Schulter. Bis heute weiß ich nicht, wie ihm das bei seiner Statur gelungen ist.

12. Kapitel

Es war Sonntagmorgen, und das Fest war zu Ende. Ein unsichtbarer Besen schien die Räume leer- und die Menschen auf die Straße zu kehren. Alle gingen zur Kirche. Ich beobachtete, daß einige immer noch tranken, ihre Flachmänner aus den Jackentaschen holten und wieder zurückschoben, aber später, als sie dichtgedrängt in den Kirchenbänken saßen, hatten sich die Flaschen in Gebetbücher verwandelt.

Ich hatte schon lange keinen so gutbesuchten Gottesdienst mehr erlebt. Es herrschte eine feierliche Stimmung in der schmucklosen Holzkirche.

Männer und Frauen saßen getrennt. Alle starrten erwartungsvoll zu einer Tür, hinter der sich offenbar die Sakristei befand. Links von mir hatte Matti Utson Platz genommen. Ich saß direkt am Mittelgang, Inga und Anna auf der anderen Seite auf gleicher Höhe mit mir. Ein paar Bänke weiter vorn Ingrid. Es sah aus, als starre sie in frommer Gotteserwartung zur Decke. Einmal, als sie sich kurz umdrehte, blickte sie durch mich hindurch, ohne mein Kopfnicken zu erwidern.

Auch Brygger war anwesend. Er hatte die Arme vor seinem massigen Oberkörper verschränkt und sah aus, als sei er nur widerwillig hier.

»Wenn wir Glück haben, werden wir gleich etwas erleben«, flüsterte Matti Utson. »Unser Pastor ist nämlich

Laestadianer, und wir haben viele Erweckte in unserer Gemeinde. Fast jeden Sonntag gibt es Fälle von Liikutuksia.«

Ich verstand nicht, was mein Nachbar sagen wollte. Ich wußte nur, daß ein schwedischer Propst namens Laestadius im neunzehnten Jahrhundert eine Erwekkungsbewegung bei den Samen ausgelöst hatte.

Eine elektrische Orgel begann zu wimmern. Alle erhoben sich und fingen an zu singen. Kein Joiken diesmal, obwohl es kaum anders klang, was die Kehlen dieser Leute aus dem Kirchenlied machten. Dann öffnete sich die Tür zur Sakristei. Ein Mann im Talar erschien. Er lief mit unbeholfenen Schritten am Altar vorbei, wobei er fast strauchelte. Ein Raunen ging durch den Saal, das in erwartungsvolle Stille mündete, als er die Wendeltreppe zur Kanzel erklomm. Er schien gehbehindert, denn er zog das eine Bein Stufe um Stufe nach.

Der Mann war hager, das Gesicht sehr blaß, fast wächsern. Er legte seine Hände auf den Kanzelrand und beugte sich weit vor. Seine Augen tasteten die Bankreihen ab, fast alle hielten die Köpfe unter seinem Blick reuevoll gesenkt.

Seine Worte kamen plötzlich, wie ein kalter Fallwind, wie eine Böe, die Hagelkörner mit sich führt. Auch ich duckte mich unwillkürlich. Nie in meinem bisherigen Leben hatte ich eine derart schneidende Stimme gehört. Obwohl ich kein Wort verstand, denn der Pastor predigte auf Samisch, wußte ich sofort, worum es ging. Um Sünde, um die Verderbtheit der Seelen und der Körper. Einige Wörter kamen immer wieder vor. Erst allmählich begriff ich, daß er sie in Deutsch sagte. »Gott«, »Teufel«, »Schnaps«, »Hurerei«. Sie trafen die Gemeinde wie Explosivgeschosse. Ich sah, wie sich einige Köpfe immer tiefer senkten. Dann wurde Stöhnen laut, einzelne Schreie, kurz und tierhaft, wie in sexueller Erregung ausgestoßen. Sie kamen von Frauen, deren Körper sich in einer Art ekstatischer Verzückung hin und her bewegten. »Liikutuksia«, flüsterte Matti Utson. »Sogar Fremde sind anfällig dafür.« Er deutete mit einer Kopfbewegung in Richtung Ingrid Brygger. Ihre Wangen waren gerötet, ihr Mund stand offen. Auch sie hatte zu stöhnen begonnen im Rhythmus ihres schaukelnden Oberkörpers. Ich kannte dieses Bild und diese Laute von ihr bereits aus einer anderen Situation, an die zu denken mir jetzt peinlich war.

Dann sagte die Stimme von der Kanzel ein Wort, das ich ebenfalls verstand, obwohl es nicht deutsch war. Es elektrisierte mich wie eine Drohung, die an mich persönlich gerichtet war. »Nemesis divina.« Er wiederholte es mehrmals, schrie es fast, ehe er von der Kanzel stieg in diesem Teufelsgang.

Als er vor dem Altar niederkniete, stieß er es noch einmal hervor, so heftig, daß eine der Kerzen davon erlosch. Dann erhob er sich, drehte sich um und reckte die Arme, so daß er einer riesigen Fledermaus glich. Alle erhoben sich und sangen. Ich kannte die Melodie und sang mit, auf deutsch, so wie ich die Verse dieses schönen und alten Kirchenliedes von Martin Luther gelernt hatte.

Ein' feste Burg ist unser Gott,
ein' gute Wehr und Waffen;
er hilft uns frei aus aller Not,
die uns jetzt hat betroffen.
Der alt böse Feind,
Mit Ernst er's jetzt meint,
groß Macht und viel List
sein grausam Rüstung ist.
Auf Erd ist nichts seinsgleichen.

Dann war alles zu Ende. Der Pastor verschwand durch die Tür der Sakristei, und die Kirche begann sich unter dem Gejaule der Orgel zu leeren.

Die Helligkeit draußen blendete mich. Ich hörte Autotüren schlagen, Motoren anspringen. Anna und Inga hatten mich untergehakt. Matti Utson winkte einen der jungen Samen herbei. »Das ist Knut«, sagte er. »Er fährt nach Bidjovagge und kann dich mitnehmen.« Ich bedankte und verabschiedete mich. »Komm wieder«, sagte Inga. »Komm wieder«, sagte Anna.

Die meiste Zeit der über vierzig Kilometer langen Rückfahrt schwieg mein Nebenmann. Knut sprach nur sehr schlecht englisch. Auch sein Schweigen wirkte gebrochen. Alles, was ich aus ihm herausbekam, war, daß er im Schlachthof von Kautokeino arbeitete. Als wir an der roten Kuppel meines Zeltes vorbeikamen, traf mich ein kurzer Blick von ihm. »No good«, wiederholte er ein paarmal. »No good.«

Er setzte mich neben meinem Auto ab. Als ich mich bedankte, murmelte er noch einmal sein »No good«

und schüttelte dazu bekümmert den Kopf, ehe er weiterfuhr.

Erst im letzten Moment bemerkte ich, daß etwas an meinem Wagen nicht stimmte. Hinter seinen Fenstern tobte ein schwarzer Sandsturm. Ein Gewusel von zahllosen Mücken verdunkelte den Innenraum. Als ich die Fahrertür aufschließen wollte, bemerkte ich, daß sie schon offen war. Ich riß sie auf und kurbelte das Fenster herunter. Dann rannte ich auf die andere Seite und machte das gleiche mit der Beifahrertür.

Die Mückenwolke wirbelte weiter. Ich zog meine Jacke aus und schlug mit ihr auf die Biester ein. Ich trieb viele hinaus, aber kaum hörte ich auf mit meiner Attacke, stürzten die meisten wieder hinein. Vor allem auf dem Beifahrersitz hatten sich Myriaden von ihnen zu einer dichten wuselnden Schicht versammelt. Es sah ekelhaft aus. Jetzt roch ich auch den üblen Geruch. Fade, süß und widerlich. Schlachthausgeruch.

Ich schlug mit der Jacke auf das Sitzpolster ein. Es war schwarz von angetrocknetem Blut. Der Bezug war an mehreren Stellen aufgeschlitzt. Die Wunden schimmerten dunkelrot. Ich mußte meine ganze Willenskraft aufbieten, um mich ans Steuer zu setzen.

Ich fuhr zurück, diesmal mindestens so schnell wie meine samischen Freunde. Die Fenster waren offen und der Fahrtwind dezimierte die Mücken. Mir war speiübel, als ich am Zelt war. Ich griff zwei Plastiktüten und machte mich auf den Weg zum See hinunter. Ich schöpfte Wasser und goß es auf den besudelten Sitz. Wie ein Verrückter arbeitete ich, holte noch zweimal frisches Wasser, in dem sich das alte Blut hellbraun aufzulösen begann. Es war nicht die richtige Methode, denn das Blutwasser sammelte sich im Fußraum des Wagens.

Also überwand ich meinen Ekel und baute, von Mücken umschwärmt, den Sitz aus. Dann wieder Wasser und Schläge mit einem Holzbrett auf das Polster, das sich inzwischen vollgesogen hatte. Ich kämpfte wie mit einem übermächtigen Gegner. Schließlich überließ ich den zerfetzten Sitz den Strahlen der Sonne. Ich zog mich nackt aus, denn meine Kleider stanken bestialisch, und rannte noch einmal zum See. Erst als ich ein paar Züge im eiskalten Wasser geschwommen war, ließ das Würgegefühl in Hals und Magen nach. Ich ging langsam schlendernd zum Zelt zurück und legte mich auf den ausgerollten Schlafsack. Meine Müdigkeit war so groß, daß ich den Übergang in die innere Nacht nicht einmal als Dämmerung erlebte. Wahrscheinlich schlief ich mit offenen Augen ein.

13. Kapitel

Als ich erwachte, fühlte ich mich besser. Das Wetter hatte sich geändert. Der Himmel war bedeckt, ein kräftiger Wind wehte angenehm kühl. Mit Heißhunger verschlang ich eine große Portion Hering in Tomatensoße und trank eine ganze Kanne Kaffee dazu. Mir war klar, daß ich etwas unternehmen mußte. Bisher hatte ich mich der Nemesis nur als Köder angeboten, und das schien ihr entschieden zu wenig zu sein. Dieser Fall würde sich nicht allein aus der Position des Opfers lösen lassen, ich mußte gleichzeitig auch noch die Rolle des Jägers übernehmen. Ich ging zum Auto und baute den inzwischen getrockneten Sitz wieder ein. Dann fuhr ich nach Kautokeino.

Ich hielt vor der Polizeistation und fragte nach Inspektor Brygger. Er saß in seinem Büro hinter seinem Schreibtisch und studierte einen langen perforierten Papierstreifen. »Es ist erstaunlich, was uns eine Computerstatistik alles erzählen kann«, sagte er nach einem kurzen, amüsiert wirkenden Blick auf mich. »Zum Beispiel nehmen die Straftaten deutlich zu, je näher wir dem Wasser kommen. Vielleicht liegt es am Lebensstandard, der im Binnenland niedriger ist. Auch Eingriffe in die Natur haben stimulierende Wirkung. In der Nähe von Stauseen, Pipelines, Stromleitungen und ähnlichem gibt es ebenfalls eine spürbare Zunahme kleiner und mittlerer Straftaten. Ein klassisches Beispiel von Synergetik. Die Natur kommt aus der Balance und die menschliche Seele ebenfalls.«

Seine farblosen Augen ruhten jetzt auf mir. »Sind Sie schon weitergekommen, Herr Kollege?«

»Jemand hat mein Auto aufgebrochen, den Beifahrersitz zerschnitten und mit Blut besudelt. Ich habe eine Probe von dem beschmierten Stoff mitgebracht und wäre dankbar, wenn man sie analysieren könnte.«

»Geht morgen mit dem Frühbus nach Alta. Übermorgen wissen wir Bescheid. Im übrigen rate ich Ihnen, Ihren exponierten Platz aufzugeben. Wenn es den ominösen Verrückten tatsächlich gibt, sollten Sie ihn nicht auf diese Weise provozieren. Ich schlage Ihnen noch einmal vor, bei mir zu wohnen. Wir haben ein Gästezimmer mit Bad unterm Dach. Überlegen Sie es sich.«

Er studierte wieder die Computerliste. »Die Samen sind ein friedliebendes Völkchen«, dozierte er. »Doch in den letzten Jahren haben wir eine deutliche Zunahme von Totschlagdelikten, wenn es auch immer noch lächerlich wenig im Vergleich mit den zivilisierten Gegenden ist. Hauptmotiv ist Eifersucht. Die Jungen scheinen diese Seelenkrankheit zu lernen. Die Alten kannten sie nicht.«

Er blickte mich prüfend an. Mir war nicht gerade wohl dabei. »Übrigens stammt die Idee mit dem Gästezimmer von meiner Frau. Ich muß zugeben, daß ich zu gedankenlos war, auf diese einfache Lösung zu kommen.«

Ich hatte es anders in Erinnerung, bedankte mich für

das Angebot und versprach, es mir zu überlegen. Dann fragte ich nach der Adresse des Pastors.

»In dem schönen großen Haus gleich neben der Kirche«, sagte Brygger. »Wenn Sie Glück haben, macht er Ihnen sogar auf. Er läßt nicht jeden in sein Allerheiligstes.«

Ich hatte Glück. Auf mein Klopfen öffnete eine uralte Frau. Sie trug eine randlose Brille mit dicken Gläsern. Ihre weißen Haare waren offen und fielen fast bis zur Hüfte. Als ich nach dem Hausherrn fragte, öffnete sie einen zahnlosen Mund und schloß ihn wieder. Dann schlurfte sie davon in einen dunklen Flur, in dem es stark nach Tabak roch.

Während ich wartete, entsann ich mich, daß die Läden des Hauses geschlossen waren. Es hatte so verlassen gewirkt, daß ich schon umkehren wollte.

Die Alte kam zurück mit einer brennenden Petroleumlampe in der Hand. Sie zeigte auf meine Schuhe. Ich verstand. Es war eine Einladung. Also zog ich sie aus und folgte ihr über weiche Felle bis vor eine hohe Flügeltür am Ende des Gangs.

Sie stieß sie auf und führte mich in einen von Kerzen erleuchteten Raum. Es roch penetrant nach Pfeifentabak. An den Wänden waren Spiegel und Bücher, nichts anderes, und die schweren Vorhänge vor den Fenstern waren zugezogen. Mitten im Raum stand ein massiver hölzerner Schaukelstuhl, aus dem sich der Herr Pastor erhob.

Er reichte mir eine weiche, gepflegte Hand und lud mich ein, Platz zu nehmen. Der Name, mit dem er sich vorstellte, war ähnlich wohlklingend wie seine Stimme. Arne Larsen. Kaum vorstellbar, daß dies der gleiche Mensch sein sollte, der seine Gemeinde von der Kanzel aus mit schneidender Stimme zu geißeln pflegte.

Wir nahmen auf zwei Stühlen in der Nähe eines der geschlossenen Fenster Platz. Zwischen uns stand die Petroleumlampe auf einer Kiste mit schweren Beschlägen. Larsen stopfte sich eine Pfeife und sagte mit leiser Stimme, deren Musikalität auf mich einen großen Eindruck machte: »Ich habe Ihren Besuch erwartet. Neugier ist schließlich Ihr Beruf. Der meine ist es, keine Fragen zu stellen. Die Leute hier würden einen fragenden Mann Gottes nicht verstehen. Ich bin für Antworten zuständig. Ich hoffe, daß es Sie nicht allzusehr stört, wenn ich rauche, es ist ein bewährtes Mittel gegen die Mücken. Also stellen Sie getrost Ihre Fragen.«

Ich sah mich um. Die Situation erinnerte mich an meinen Besuch bei Wouwer. Er hätte sich hier bestimmt wohl gefühlt. Wo keine Bücher standen, sah man Kästen mit Steinen, getrockneten Pflanzen, ausgestopften Vögeln, präparierten Fischen. Ich erkannte außerdem Fuchs, Schneehase und Wolf. In einer der Ekken stand ein ausgewachsener Bär mit gefletschten Zähnen und schimmernden Glasaugen.

»Das Alphabet der hiesigen Natur«, erläuterte Larsen. »Ich halte es für eine wichtige Voraussetzung für meinen Beruf, im Buch der Schöpfung lesen zu können. Fleisch- und Pflanzenfresser, das sind die Vokale und Konsonanten. Pflanzen sind die Interpunktion, Vögel die Anmerkungszeichen in der Luft. Fressen und Gefressenwerden, das ist ein ewiger Dialog. Die Mücken und die Menschen sind die einzigen Mißlaute im Buch der Natur. Man könnte sie als Flüche, als leibhaftige Obszönitäten bezeichnen. An diesem Phänomen plage ich mich ab. Ich begreife mich als eine Art Lektor, der einen göttlichen Text korrigiert.«

Er lachte. Was er sagte, gefiel mir. »Darf ich Deutsch reden? Ich kann mich besser in der Sprache Luthers ausdrücken als in der Newtons. Das Englische täuscht mir eine Klarheit vor, die es in Wahrheit nicht gibt.«

»Erzählen Sie mir etwas über die Leute, über ihre inneren und äußeren Verhältnisse«, bat ich. Larsen lehnte sich zurück und begann zu referieren. Nichts erinnerte an einen fanatischen Laestadianer, wir hätten auch in einem Club liberaler Intellektueller sitzen können.

»Ich will mein Bestes tun, obwohl Inspektor Brygger und Matti Utson die eigentlichen Experten für dieses Thema sind. Ich selbst beurteile die Situation der Samen vielleicht zu düster. Die jüngere Geschichte dieses Volkes, dessen Herkunft im Dunkeln liegt, in dessen Blut sich jedoch deutlich sichtbar europäisches und fernöstliches Erbe vermischt, muß man leider eine Geschichte der Ausbeutung nennen. Gleichgültig ob Norweger Schweden, Finnen oder Russen, alle haben sie die Samen als eine Art spezialisiertes Polartier betrachtet. Ihre unbeschreibliche Widerstandskraft gegen die harten Umweltbedingungen des hohen Nordens, gegen Kälte und Hitze, gegen die Polarnacht, die uns depressiv macht, gegen Mücken und Einsamkeit, hat sie zu idealen Sklaven gemacht, als die Europäer begannen, die

Schätze dieser Gegend zu heben. Erst zwang man sie, durch Besteuerung ihre Lebensbasis, das Wildren, auszurotten. Man verführte sie, ihre ursprüngliche Existenz als nomadisierende Jäger und Sammler gegen das halbseßhafte Leben von Rentiercowboys einzutauschen. Die riesigen Herden des halbzahmen Rens bringen dem Staat immense Steuern ein. Dann kam die Zeit der Kupfer-, Eisen- und Silberminen. Die Samen waren billige Arbeitskräfte. Wegen ihres kleinen Wuchses konnte man die Stollen niedriger und billiger bauen. Ausgerechnet sie, die von Natur aus eine heilige Scheu vor dem Erdinneren haben, mußten deren Schoß entweihen. Hinzu kam der Alkohol.«

Larsen stand auf und ging zur Tür. Er rief etwas für mich Unverständliches in den Flur. Kurze Zeit später kam die Alte mit einem Tablett, auf dem zwei Gläser und eine Karaffe standen. Es war Kognak, der gleiche, den Utson trank.

»Die alte Struktur der Siida, der Sippe, zerbrach. Samen schlagen ihre Kinder nie. Sie kennen auch keinen Ehebruch. So war es zumindest früher. Sie hatten eine Naturreligion, in der Steine, Pflanzen, Tiere und Wetterphänomene verehrt wurden. Es gab auch böse Geister, die uns allerdings erstaunlich human vorkommen. Mit ein paar simplen Schlitzohrigkeiten konnte man sie sich geneigt machen. Die Samen lebten also früher im Einklang mit dem Leben und dem Tod. Beides waren Teile eines Ganzen. Die Alten, die krank waren, tötete man; das war nicht grausam, sondern menschlich. Heute ist es nicht mehr so. Nur die erstaunliche Anpassungsfähigkeit ist ihnen geblieben. Sie trinken, fahren Auto, sehen fern wie die Weltmeister. Sie haben Schlachthäuser und Massentierhaltung eingeführt, ihre Herden zählen sie mit Laptops, und sie treiben sie mit Hubschraubern. Es gibt steinreiche Lappen wie Matti und bettelarme, die ihre mühsam erlernten Traditionen in Camps entlang der Touristenrouten für ein paar Kronen zur Schau stellen. Touristenlappen nennen wir sie. Es ist das gleiche Trauerspiel wie mit den Indianern und den Grönländern. Sie werden verrückt, wenn man sie in Apartmenthäuser steckt. Und jetzt, nach der Ausrottung des Wildrens und dem Bergbau gibt es die dritte Katastrophe: die Zerstörung der Umwelt. Fischsterben, die Übersäuerung der Seen, radioaktive Belastung der Weiden, Tschernobyl, Staudämme, dadurch bedingte Zerstörung der fruchtbaren Überschwemmungszonen, Überfischung der Meere, Straßenbau. Viele Jungen joiken nur noch, wenn sie besoffen sind, weil sonst das Fernsehen die Kommunikation bestimmt. Ein dahinsiechendes Volk in einem luxuriösen Sterbezimmer.«

Larsen war aufgesprungen und humpelte gestikulierend auf und ab. Er hatte sich in Feuer geredet. Mich aber ärgerte die Situation allmählich. Ich war hier, um einen bestialischen Mord aufzuklären, und dabei immer wieder in rhetorische Netze geraten. Wouwer, Brygger. Utson und jetzt Larsen. Alle verstanden sie, interessant und eloquent vom Norden zu parlieren, ohne daß es mich weiterbrachte. Wouwer und jetzt Larsen, es war wie die Geschichte mit dem Hasen und den zwei Igeln.

Und ich war der Hase, der dabei war, sich zu Tode zu rennen.

»Die Kirche hat das ihrige zur Entfremdung der Samen von sich selbst beigetragen«, sagte ich. Aber statt zu widersprechen, stimmte mir Larsen zu.

»Sie haben völlig recht. Die Missionierung der Samen im achtzehnten Jahrhundert war ein Verbrechen. Mit *einem* Gott und *einem* Teufel den Samen zu kommen, hieß, ihnen die Vielfalt ihrer Erfahrungen und Empfindungen zu rauben.«

Was für eine Doppelmoral, dachte ich.

Auch ich war aufgesprungen und rannte nun im Zimmer auf und ab.

Pastor Larsen trat ans Fenster, schob den Vorhang beiseite und öffnete den Laden einen Spaltbreit, so daß ein greller Streifen Sonnenlicht in diese verqualmte Innenwelt fiel.

»Sehen Sie die unbarmherzige Helle draußen«, flüsterte er. »Sie dringt in alles, wenn man sich nicht vor ihr schützt. Sie löscht den Verstand und überflutet die Seele. Im Winter ist es umgekehrt. Dann darf man die Fenster nicht öffnen, weil die gigantische Nacht selbst das elektrische Licht verzehrt.«

Er schloß den Laden und kam in seinem schleppenden Gang auf mich zu. Er hätte Statist in jedem Gruselfilm sein können. Er kam mir so nahe, daß ich seinen Körpergeruch wahrnahm, eine strenge Mischung aus Seife, Schweiß und Tabakrauch.

»Die Mücken sind der Staub der Winternacht, der sich niemals gänzlich legt, der immer wieder aufwirbelt.

Es ist das Sperma des Teufels, zahllos und voller Finsternis. Im Winter gibt es noch mehr Mücken, aber man sieht sie nicht. Das ganze Firmament ist dann ein einziger, schwarzer, riesenhafter Schwarm.«

Er ließ sich in den Stuhl fallen und goß sich einen großen Kognak ein. Ich meinte, ihn schluchzen zu hören. War diese Gegend hier ein einziges Irrenhaus? Ich machte einen letzten Versuch der Verständigung.

»Warum vertreten Sie die Ansichten des Lars Levi Laestadius mit solcher Vehemenz, wenn Sie gleichzeitig um ihre Schädlichkeit für die Samen wissen?«

Er sah mich mit einem wahrhaft sardonischen Lächeln an und paffte neue Tabakwolken, als sei ich eine Mücke, die er vertreiben wollte. »Wissen Sie, es ist leider etwas dran an dem Spruch, man könne den Teufel nur mit dem Beelzebub austreiben. Laestadius hatte begriffen, daß man die Zerstörung dieses Volkes durch die christliche Moral nur durch die äußerste Strenge ihrer Verkündigung und Anwendung aufhalten kann. Das gleiche Gift als Gegengift gewissermaßen. Es kommt allein auf das Gleichgewicht an. Ein Messer tief genug in einen Körper getrieben, verhindert, daß das Blut austritt. Das verlängert das Leben des Opfers.«

»Ich bin hier, um einen Mörder zu entlarven«, sagte ich ein wenig unmotiviert.

Er sah mich milde lächelnd an und klopfte seine Pfeife aus. »Wenn Sie dabei Ihren Verstand gebrauchen wollen, müssen Sie sich schon auf ein wenig Wahnsinn einlassen. Kennen Sie übrigens Linnés Schrift von der Nemesis?«

»Es hat den Anschein, daß Sie ein Freund meines Freundes Wouwer sind.«

»Ich kenne ihn leider nicht persönlich, aber ich habe alles gelesen, was er über den Norden veröffentlicht hat. Ein ungewöhnlich kluger Mann. Er muß eine Weile hier oben gelebt haben.«

»Meines Wissens war er nie hier.«

»Dann war der Norden bei ihm. Es ist eine Frage der inneren Nähe. Auch Geographie ist etwas Relatives. Sie können in einer Tasse grünen Tees nach China reisen.«

Arne Larsen wirkte jetzt, als habe er sich wieder völlig in der Gewalt. Ich stand auf und bedankte mich für die Belehrungen.

Er brachte mich zur Tür. Die Alte war nirgends zu sehen. Als ich draußen auf der Straße stand, blendete mich die Helligkeit des Himmels so sehr, daß ich beide Hände über meine Augen legte. Das Blut in ihnen färbte das Licht der tiefstehenden Sonne dunkelrot.

Niemand war auf der Straße. War es schon so spät? Meinem Gefühl nach mußte es Nachmittag sein. Zeit für eine Tasse Kaffee. Ein Blick auf meine Armbanduhr sagte mir jedoch, daß es bereits nach zehn Uhr abends war.

14. Kapitel

Als ich die Hände von den Augen nahm, hatte sich der Himmel verändert. Eines jener Wetterdramen, die ich hier schon mehrfach beobachtet hatte, fand statt. Schauspieler waren die Wolken, Beleuchter die Sonne, die Bühne das Firmament. Die Handlung bestand in einem rasanten Wechsel der Farben und Formen. Gerade jetzt wurde der unendlich hoch gewölbte Himmel von grauen Wolkenwalzen plattgedrückt, die von Westen heranrollten, lila und türkisgrüne Lichtmoränen vor sich herschiebend.

Es begann zu regnen. Sommerregen in dicken Tropfen. Die Drähte der Stromleitungen zerschnitten den Himmel und ließen ihn niedrig erscheinen. Das Netz der Nemesis, dachte ich.

Das plötzliche Gefühl von Einsamkeit war so heftig, wie ich es aus meiner frühesten Kindheit in Erinnerung hatte. Ein Gefühl von Ausgesetztsein, wie es ein Kind erlebt, das den Kopf noch nicht heben kann, um über den Rand des Kinderwagens zu blicken, das jedoch deutlich spürt, wenn der Wagen nicht mehr fährt, weil ihn die Mutter vor dem Schaufenster des Kaufmanns abgestellt hat.

Ich ging um zwei Straßenecken und stand vor dem zweigeschossigen roten Haus des Inspektors. Es war viel zu spät für einen Besuch, aber das Gefühl, jetzt nicht allein sein zu können, war übermächtig. Ich klingelte und zog meine Schuhe aus.

Sie öffnete so schnell, daß ich noch über meine Schnürsenkel gebeugt war. »Du?« sagte sie. Es war wie ein Hauch, der mich tröstete.

Sie bat mich durch eine kleine Bewegung ihrer Hand herein. »Ist dein Mann da?« fragte ich.

»Nein. Er arbeitet noch. Er kommt nicht vor Mitternacht.«

Das Wort Mitternacht kam mir absurd vor. Aber ich freute mich, daß wir Zeit für uns hatten.

Eine Weile standen wir unbewegt und stumm im Flur. Wir waren uns so nahe, daß wir uns atmen hörten. Plötzlich warf sie sich mir an den Hals und preßte sich an mich. Sie schob ihren Kopf in die Mulde zwischen meinem Kinn und meiner Schulter, dorthin, wo ein Geiger sein Instrument hält. Etwas Warmes rann in mein Hemd. Sie weinte tonlos.

Es war eine Situation, in der sich jeder, der trösten möchte, ungeschickt verhält. Ich streichelte vorsichtig ihren Rücken, flüsterte ihren Namen. Ich spürte, wie sie sich allmählich entkrampfte. Dann nahm sie mich bei der Hand und zog mich ins Wohnzimmer. »Möchtest du einen Kaffee?« fragte sie. Ich nickte. Es war ungewiß, ob wir uns fremd oder sehr vertraut waren.

Mit diesem Gefühl saß ich im Sessel und sah zu, wie Ingrid am Herd hantierte. Die klotzigen Holzmöbel wirkten wie Lebewesen, die mich beobachteten. Beine und Lehnen waren kaum behandelt. Die Augen im Holz, die Verdickungen, die Knoten ehemaliger Astgabeln, alles war mit großer Einfühlsamkeit zum Bestandteil des Designs gemacht worden.

Ingrid brachte den Kaffee. Sie schob ihren Sessel neben meinen, so daß wir uns berühren konnten. »Woher habt ihr diese Möbel?« fragte ich.

»Gefallen sie dir nicht? Sie sind schrecklich solide, aber sie haben Charakter.«

»Matti Utson und Arne Larsen haben die gleichen.«

»Du redest wie ein Polizist. Wir haben hier eben keine große Auswahl. Das nächste Möbelgeschäft ist in Alta. Ursi hat sie gemacht.«

»Wer ist Ursi?«

Sie nahm ihre Hand von meinem Unterarm und zündete sich eine Zigarette an.

»Ursi macht Möbel. Er kommt ein-, zweimal im Jahr vorbei mit seinem Lastwagen und verkauft sie an die Einheimischen.«

»Ist er Same?«

»Nein, eigentlich nicht. Aber er lebt wie ein Same. Konsequenter sogar, er lebt wie die Samen von vor hundert Jahren. Er hat auch unser Bett gemacht, willst du es sehen?«

Der Ton zwischen uns war abgekühlt.

Ingrid erhob sich, und ich folgte ihr. Wir gingen eine Treppe hinab. Die Kellerwände waren aus dem Fels gehauen und unverputzt. Ingrid öffnete eine schwere Stahltür, die wie eine Brandschutztür aussah. Dann machte sie Licht.

»Voilà, die Folterkammer meines Mannes. Mit dem Streckbett und den anderen Folterinstrumenten.« Sie zeigte in die Runde und imitierte offenbar die Stimme eines Fremdenführers.

»In diesem Bett wurde einst eine unschuldige Prinzessin zu der falschen Aussage gezwungen, eine böse Hexe zu sein.« Ingrid lachte. Sie schien Spaß an diesem Spiel zu haben. Sie warf sich rücklings auf das Bett und deutete über sich. »Oben ist unten. Der Himmel ist die Hölle«, sagte sie.

Das Bett war sehr groß. Es füllte fast den ganzen Raum. Sein Gestell wies die gleichen Merkmale auf wie die Wohnzimmermöbel, alles offensichtlich das Werk dieses Ursi.

Über dem Bett hing ein riesiger Spiegel. Spiegel waren auch an den Wänden. Dazwischen Regale mit verschiedenen Produkten der Sexindustrie, Salben, Plastikpenisse. Peitschen, Lederzeug, jede Menge Ketten und Handschellen.

Ich bemerkte, daß seitlich an den Holmen des Bettes Eisenringe montiert waren, an die man jemand fesseln konnte. Mit geöffneten Armen und gespreizten Beinen. In einer Ecke stand eine Kamera auf einem Stativ.

Ingrid griff neben sich nach einem Kästchen mit Schaltern und Drehknöpfen. Licht in verschiedenen Farben flammte auf, mischte sich, wurde heller, dunkler. »Das Nordlicht«, flüsterte sie. »Und dies ist die Einstellung ›Mittsommernacht‹.« Der ganze Raum war plötzlich in grelles Orange getaucht. Die Scheinwerfer waren verdeckt hinter einer Holzblende angebracht, die unterhalb der Decke um den ganzen Raum verlief.

»Es kommt noch besser«, sagte Ingrid. Sie schaltete

die Beleuchtung am Dimmer zurück. »Der Sonnenuntergang. Die Stunde der Dämmerung und die Träume der Nacht.«

Sie griff nach einem schmalen Ding, das wie die Fernbedienung eines Fernsehers aussah. Man hörte ein surrendes Geräusch. Eine Leinwand entrollte sich vor einem der Spiegel. Ein Projektor sprang an. Man hörte das Schnarren, wenn das Magazin ein neues Dia freigab. Die Bilder waren eindeutig. Geschlechtsorgane in Aktion. Ein Motiv kam besonders häufig vor, ein kleines blondes Mädchen, das auf einem männlichen Geschlechtsteil spielte wie auf einer Flöte.

»Möchtest du einen Film sehen? Wir haben auch Videos«, sagte Ingrid.

»Hör auf«, sagte ich. »Es reicht.« Obwohl ich schon viel Armseliges auf diesem Gebiet gesehen hatte, gelang es mir diesmal nicht, Distanz zu wahren. Vielleicht lag es an der überhitzten und parfümierten Luft. Mehr noch bestimmt an der Art, wie Ingrid sich produzierte. Sie räkelte sich nuttenhaft auf dem Laken, stöhnte, begann, sich übertrieben langsam auszuziehen. Ihre Augen glänzten, die Pupillen waren unnatürlich geweitet. Sie war völlig hysterisch.

»Hör auf«, sagte ich noch einmal. Ich setzte mich auf den Bettrand und griff nach ihren Handgelenken. »So ist es richtig«, flüsterte sie. »Fessel mich.«

Ihre Gelenke fühlten sich uneben an. Jetzt sah ich die Narben. Sie waren mir bisher nicht aufgefallen, wohl weil sie sonst eine große Armbanduhr und verschiedene Silberreifen getragen hatte.

Ich schob meinen Arm unter sie und richtete ihren Oberkörper auf. Behutsam begann ich damit, sie wieder anzuziehen. Dabei sah ich die grauen Schatten auf ihrer Kopfhaut. »Färbst du dir die Haare?«

Sie nickte. Tränen rollten über ihre Wangen.

»Du bist blond?«

Sie nickte wieder.

Ich packte sie unter den Schultern und brachte sie zum Aufstehen. Dann führte ich sie aus dem Raum, vorsichtig, wie man einen Gehbehinderten führt.

Im Wohnzimmer saßen wir dann eine Weile stumm. Mir kam der Raum jetzt so nüchtern vor wie das Wartezimmer eines Zahnarztes.

»Hast du etwas zu trinken?«

Ingrid erhob sich und brachte Gläser und eine Flasche Aquavit, genau das richtige, denn mir war immer noch flau im Magen.

»Ist das das Hobby deines Mannes?«

Sie sah mich mit toten Augen an. »Frag ihn doch selbst.«

»Wissen es die anderen?«

»Du bist ein Polizist wie er«, sagte sie brüsk. »Ihr benützt Fragen als Dietriche, um in fremde Schicksale einzudringen. Ich kenne keinen einzigen von euch, der nicht Voyeur ist.«

Ich blickte auf die Uhr. Es war kurz vor Mitternacht, und ich hatte keine Lust, Tore Brygger zu begegnen. Vielleicht war es Feigheit, vielleicht schlechtes Gewissen, oder aber ich hatte Angst davor, aggressiv zu werden.

Ich erhob mich und gab Ingrid die Hand. Sie blieb sitzen, und ihre Lippen öffneten sich, als ob sie etwas sagen wollte. Aber dann preßte sie nur meine Finger und schloß die Augen dabei.

Als ich in meinem Zelt war, kochte ich mir eine Dose Mockturtlesuppe. Vielleicht war es ein Indiz dafür, daß ich mich in diesem Moment allem Unechten besonders verbunden fühlte.

15. Kapitel

Am nächsten Morgen erhielt ich überraschenden Besuch. Ich saß in der Nähe des Zeltes auf einem Stein und leerte mit den Fingern eine Dose Hering in Currysoße, als ein offener Geländewagen von der Straße abbog und bis vor mein Zelt fuhr. Am Steuer saß Matti Utson.

Er hatte seinen Schemel dabei, setzte sich zu mir und blinzelte in die Sonne. Offenbar hatte er vor, den Beginn des Gesprächs mir zu überlassen.

Ich bot ihm Kaffee an. Er schlürfte ihn lautstark, aber sagte kein Wort.

»Ist es immer so schön im Sommer?« meinte ich nach einer ganzen Weile.

»Schön für die Mücken, schlecht für das Ren, dem bei diesem Wetter die Plagegeister zu viel werden.«

Wir waren von dichten Mückenschwärmen umgeben. Ich hatte mich inzwischen daran gewöhnt und begnügte mich damit, mir die Haut alle paar Stunden mit einem Insektenmittel einzureiben.

Utson zündete seine Pfeife an. Er wirkte wie ein Indianer, der Frieden schließen möchte.

»Die meisten von uns rauchen wegen der Mücken«, sagte er. »Es vertreibt sie. Aber nicht jeder läßt sich von Tabakqualm vertreiben.«

Er sah mich herausfordernd an.

»Der Hocker ist schön gearbeitet«, sagte ich. »Jemand, der etwas von Holz versteht. Wer hat ihn gemacht?«

Wieder paffte Utson eine große Qualmwolke gegen mich. »Früher gab es viel Holz hier. Jetzt ist es nicht mehr der Rede wert. Zu viele Rentiere, die alles abfressen. Und zu viele Menschen, die es im Winter warm haben wollen. Wir haben unsere Wälder nicht in Ehren gehalten. Sie sind fortgezogen wie ein beleidigtes Volk. Heutzutage bekommen wir unser Holz aus den Wäldern im Osten, aus Karasjok und vom Inari-See.«

Da Utson offenbar meinen Fragen auswich, beschloß ich, noch direkter zu werden. »Kennst du einen Mann namens Ursi?«

Er blinzelte in die Sonne und klopfte seine Pfeife an einem der Schemelbeine aus.

»Weißt du, wie wir Bären schießen? Wir zielen auf ein Auge, und nach dem Schuß springen wir zur Seite, denn wenn der Bär noch lebt, greift er den Rauch der Flinte an und nicht den Schützen.«

»Wer ist Ursi?«

»Du bist auch jemand, der den Rauch angreift und nicht den Schützen.«

»Ursi ist so etwas wie ein Möbeltischler. Er interessiert mich. Kennst du ihn?«

»Willst du auch einen solchen Hocker? Es ist wahr, man sitzt gut auf ihm. Es gibt nicht viele, die etwas von Holz verstehen. Nur wer langsam gewachsen ist, versteht etwas von Holz. Holz wächst auch langsam. Wer zu schnell wächst, bleibt im Inneren weich. Man fault dann leicht. Man hält nichts aus. Im Süden, heißt es, wächst das Holz schneller als hier. Auch die Menschen wachsen dort schneller.«

»Ursi soll wie ein Same leben, obwohl er keiner von euch ist.«

»Meines Vaters Vater hat hier noch Holz gesehen. Sehr kleine, sehr zähe, sehr langsam gewachsene Bäume. Gutes Holz, hart wie Eisen. Holz, das sehr langsam brennt. Es wärmt lange und hat einen guten Rauch. Ursi lebt schon lange unter uns. Er spricht unsere Sprache besser als die Jungen. Ursi kommt aus einem fernen Land voller hoher Berge. Er ist ein sehr langsam gewachsener Mann. Solltest du ihn sehen, grüße ihn von mir. Und laß dir von ihm einen Schemel machen, Stallo. Das hilft ein wenig, wenn man so schnell gewachsen ist wie du.«

Er lächelte mich beinahe väterlich an. Die zahllosen Falten in seinem Gesicht bewegten und vermehrten sich wie die Falten der Haut von heißem Kakao. »Laß dir von Ursi einen Hocker machen und nimm ihn als Andenken mit nach Hause in dein Land, Stallo. Ich jedenfalls wünsche dir eine gute Heimreise.«

Er war aufgestanden und reichte mir seine Hand. Stehend war er immer noch kleiner als ich, der ich auf dem Stein saß. Dann ging er zu seinem Auto. »Gute Reise«, rief er noch einmal, ehe der Motor ansprang und er davonfuhr. Sein Wunsch, mich loszuwerden, war nicht mißzuverstehen.

Am Nachmittag fuhr ich zur Polizeistation. Brygger saß hinter seinem Schreibtisch und sah die Post durch.

»Es ist Rentierblut«, sagte er. »Ich habe mit dem Labor telefoniert.«

»Werden jetzt überhaupt Tiere geschlachtet?«

»Eigentlich erst im Herbst, wenn sie sich auf den Sommerweiden vollgefressen haben. Aber es gibt Ausnahmen. Kranke Tiere. Einige werden auch wie Haustiere in Ställen gehalten.«

»Kann man herausfinden, ob hier jemand in den letzten Tagen geschlachtet hat?«

Er sah mich ungeduldig an. »Ich glaube nicht. So was geht schnell und geräuschlos. Ein einziger Stich.«

»Ich weiß. Durch die Halswirbel ins Hirn. Ein schöner Tod für schmackhaftes Fleisch. Kann ich noch einmal die Kleider der van Houtens sehen und alles, was sie bei sich hatten?«

Kommissar Brygger wirkte ungehalten. Er brummte etwas auf norwegisch, das nicht sehr freundlich klang. »Ich denke nicht, daß wir etwas übersehen haben«, sagte er dann. »Aber Sie werden ja wohl nicht locker lassen. Also kommen Sie in Gottes Namen.«

Er führte mich in ein kahles Nebenzimmer und brachte die in Plastikfolie eingeschweißten Sachen. Dann verschwand er wieder in seinem Büro.

Ich packte aus unter dem grellen Neonlicht. Von allem hatte ich schon Fotos gesehen, aber das war etwas anderes. Jetzt spürte ich die Nähe von Menschen, die all dies getragen und benutzt hatten. Die Kleider mit den Schnittverletzungen waren gereinigt worden, dennoch meinte ich, einen schwachen Blutgeruch zu riechen. Stück für Stück hielt ich alles ins Licht und drehte und wendete es hin und her. Das kleine Beil. Den Kompaß. Die vielen Wanderkarten aus dem Handschuhfach. Den Taschenkocher für Trockenbenzin, die hohen Gummistiefel, die Goretexkleidung. Sie waren sehr gut ausgerüstet gewesen, doch nichts war ungewöhnlich außer zwei Kleinigkeiten.

Ich ging zu Brygger hinüber und legte den Pullover des Mannes und einen korkenzieherähnlichen Gegenstand auf seinen Schreibtisch.

»Was ist das?« fragte ich und zeigte auf einen etwa zehn Zentimeter langen gelben Streifen, der auf der Vorderseite des Pullovers eingestrickt war, direkt neben dem ausgefransten Loch, das ein Messerstich verursacht hatte. »Es sieht wie eine Hochwassermarke aus.«

»In Modedingen kenn' ich mich nicht aus«, brummte Brygger.

»Und das hier?« Ich hielt den Korkenzieher hoch.

»Ein Gegenstand, mit dessen Hilfe man Weinflaschen öffnet«, sagte er maliziös.

»Will sagen, daß Sie sich in Trinkdingen besser auskennen. Trotzdem ziemlich seltsam. Gibt es hier überhaupt Weinflaschen? Und warum ist die Spirale hohl?«

Brygger grunzte einiges Unverständliche. Er begann, Papiere auf seinem Schreibtisch zu ordnen. Die Abneigung zwischen uns war physisch.

Plötzlich fixierte er mich mit seinen wäßrigen Augen. »Was wollen Sie eigentlich hier noch«, sagte er mit einer trägen Stimme. »Es sind doch Steuergelder, die Ihr Land verschwendet.«

Ich ließ mich nicht beeindrucken. »Diese Hochwassermarke auf seiner Brust irritiert mich. Wie groß war van Houten eigentlich?«

»In seinem Paß steht 1,80.«

»Und wie groß ist Ihre Frau?«

Diesmal war sein Blick offen feindselig. Er erhob sich von seinem Drehsessel und stemmte sich wie ein schweres Gewicht auf seine Arme. »Das wissen Sie wahrscheinlich besser als ich. Gehen Sie jetzt bitte, Sie halten mich bei der Arbeit auf.«

»Ich möchte die beiden Sachen mitnehmen.«

»Wann krieg ich sie wieder? Wir brauchen sämtliches Beweismaterial für die Verhandlung.«

»Ich bringe sie bald zurück.«

»Dann unterschreiben Sie hier.«

Es gibt Augenblicke, in denen Sachlichkeit blanken Haß verrät. Ich glaube, dies war ein solcher Moment. Als ich ging, hatte ich das Gefühl, gleich in den Rücken geschossen zu werden.

Ich fuhr am Haus des Kommissars vorbei. Ingrid war im Garten und hängte Wäsche auf. Die weißen Hemden ihres Mannes fuchtelten mit prallen, windgefüllten Ärmeln.

Ich hielt und stieg aus. »Welche Schuhgröße hast du?« rief ich über den Zaun.

Sie lachte. »Neun.«

»Wie groß bist du?«

»1,80. Willst du auch meine Blutgruppe wissen?«

»Darf ich reinkommen?«

»Wenn du riskieren willst, daß mein Mann dich erschlägt, dann komm.«

Wir standen im Flur. »Was willst du?« fragte sie. »Du kommst mir so verändert vor. So wenig nett.«

»Zieh deinen Pullover aus.«

Sie streifte ihn ab und stand da in einem dünnen weißen Hemd. Wie ein verfrorenes Kind kam sie mir vor. Es fiel mir schwer, sie nicht in die Arme zu schließen.

»Zieh das da an.«

Ich reichte ihr van Houtens Pullover. Sie tauchte von unten in ihn hinein wie in ein schwarzes Meer. Dann kamen ihre schmalen weißen Hände aus den Ärmeln. Als ihr Kopf erschien, trat ich dicht an sie heran und küßte sie auf die Stirn.

»Ein Polizist bei der Arbeit«, sagte sie spöttisch.

»Habt ihr einen Zollstock?«

»Tut es auch ein Maßband?«

Sie ging ins Wohnzimmer und kam mit einem gelben Röllchen zurück.

»Halt bitte das Ende an die Markierung«, sagte ich. Sie gehorchte. Das Loch im Pullover saß genau über ihrer linken Brust. Ich zog das Maßband an ihr entlang nach unten. »Halt dich gerade«, sagte ich. Dann las ich die Länge ab.

Auf meine Bitte zog sie den Pullover wieder aus. Als ich ging, hatte ich ein anderes Gefühl im Rücken. Nicht erschossen, sondern beschützt zu werden von einer Kraft, wie sie nur der Ohnmacht zuweilen eigen ist. Mir war nicht klar, wie nahe die Situation war, in der ich diesen Schutz bitter nötig haben würde.

Ich trage immer ein kleines abgegriffenes Notizbuch bei mir, in dem alle mir wichtigen Telefonnummern stehen. Entscheidende Kilometersteine auf meinem Lebensweg sozusagen, mein Buch der Nemesis. Die meisten Nummern gehören oder gehörten weiblichen Anschlußinhabern. An der Art, wie sie eingetragen sind, fahrig oder akkurat, in Tinte oder Blei, schräg oder am Rand, kann ich wie in einem Kryptogramm eine Menge über Vergangenes lesen. Diesmal war es jedoch die Nummer eines Mannes, die ich in der Telefonzelle von Kautokeino wählte.

Ich hatte Glück. Ich kam durch und mein Bekannter war zu Hause. Er ist Forstbeamter in einem der wenigen Wälder Hollands bei Arnheim. Ein Mann, den das Unglück seiner beruflichen Situation prägt, immer ein wenig schlechter Laune, weil sein Revier so große Mängel aufweist, was Ausdehnung und Dichte anbelangt. Kein Wald für Räuber und Liebespaare.

»Sagt dir die Maßangabe ein Meter dreißig etwas?«

»In meinem Job nennen wir das ›Brusthöhe‹. In diesem Abstand vom Boden wird der Durchmesser eines Baumes ermittelt. Eine wichtige Zahl, um sein Volumen und damit den Holzwert zu ermitteln. Soweit man überhaupt von Wert reden kann, jedenfalls bei meinen Bäumen. Die meisten fallen schon um, wenn nur ein Hund dagegenpinkelt.«

»Wie geht ihr beim Messen vor?«

»Man hat einen Meßstab dabei oder…«

»Eine Markierung auf der Kleidung?«

»Ganz recht, so geht es auch, wenn man schnell sein will und viele Bäume hat. In meinem Wald würde es sich kaum lohnen.«

»Und so was ähnliches wie einen Korkenzieher, benutzt ihr das auch?«

»Ja. Allerdings keinen gewöhnlichen. Er ist innen hohl. Wir entnehmen mit ihm Proben, um Rindenstärke, Holzqualität, Alter und dergleichen zu ermitteln. In meinem Wald ist die Holzqualität allerdings so schlecht, daß es reicht, mit dem Finger –« Das Gespräch brach ab. Mein Geld war durchgefallen. Ich war froh, denn ich hatte das Gefühl, ein wenn auch kleines Stück in der richtigen Richtung weitergekommen zu sein. Meine gute Laune war noch nicht verflogen, als ich in den Schlafsack kroch und diesmal schneller einschlief als gewöhnlich.

Zweiter Teil

DER KELO

Schmerzen: ein kleines Stück Zunder auflegen,
wo die Schmerzen am stärksten sind,
und es dort angezündet liegenlassen,
bis es von selbst von der Haut abspringt.

Carl v. Linné, Lappländische Reise

16. Kapitel

Das, was mir so oft das Leben erschwert, hat mir damals das Leben gerettet. Meine Körpergröße. Sie hat zur Folge, daß ich nicht ausgestreckt in einem kleinen Wanderzelt liegen kann, sondern immer ein wenig gekrümmt, in Embryohaltung, wie man sagt. In dieser Nacht muß mein rechter Ellbogen etwa an der Stelle gewesen sein, wo ein normaler Mensch seinen Kopf hat. Er muß ein wenig gegen die doppelte Zeltwand gedrückt haben, was zu einer Ausbuchtung im Gewebe führte. Gegen diese Stelle hat der Mörder oder die Mörderin seinen Schlag geführt. Einen so gewaltigen Schlag mit einem stumpfen Gegenstand, daß ein menschlicher Schädel eingedrückt worden wäre wie eine Eierschale, gegen die man einen Silberlöffel schlägt.

Ich muß mitten im Tiefschlaf gewesen sein. Als der Schlag mich traf und, wie sich später herausstellte, meinen Ellbogen völlig zertrümmerte, wachte ich davon nicht auf. Jedenfalls nicht im üblichen Sinne. Vielmehr verwandelte mein Schlaf sich in ein grelles Durcheinander schrecklicher Bilder und Bruchstücke meines Ichs. Es zersprang wie ein dünnes Glas, das ein hoher Ton zum übermäßigen Schwingen bringt.

Als ich zu mir kam und der wirkliche Schmerz seine Dolche vom Punkt des zerstörten Gelenks aus in alle Regionen meines sich windenden Körpers jagte, war es bereits vorbei. Mir war übel, ich übergab mich in die Dunkelheit. Mit meiner linken Hand gelang es mir, die Taschenlampe aus der Innentasche des Zeltes zu fingern. Situationen dieser Art machen schizophren. Der Körper ist dumm vor Qual, der Kopf aber registriert wie ein schlauer Beobachter aus dem Hinterhalt.

Mir war sehr schnell klar, daß ich in höchster Lebensgefahr war. Wenn ich die Lampe anknipste, würde der Attentäter den Lichtschein noch aus großer Entfernung sehen. Er würde zurückkehren und seine Arbeit vollenden. Ich war wehrlos, und ich tat das einzig richtige: Ich simulierte meinen verpaßten Tod.

Ich weiß nicht, wie lange ich starb. Ich lag mit dem Mund in meinem Erbrochenen und atmete so vorsichtig es ging. Die Schmerzen fluteten in Wellen durch mich, sie brachen sich überall, an meiner Schädeldecke, meinen Fußsohlen, meinen Handflächen. Mein Herz gab ferne Klopfzeichen. Meine Ohren wölbten sich wie Halbkugeln über die Stille. Mir schien, daß ich das Zuschlagen einer Autotür hörte. Dann ein Motorengeräusch. Dann Lautlosigkeit. Es war so still, daß ich meinte, die Sterne zu hören, jeden einzelnen am Firmament wie ein feines Ticken.

Dann öffnete ich die Augen, und nun erst begriff ich, daß nicht Nacht war, daß es hell war, daß Taschenlampen keinen Sinn machten und schon gar nichts verraten konnten. Ich war wohl ohnmächtig gewesen bei vollem Bewußtsein. Zumindest hatte ich nichts mehr gesehen. Meine Sehnerven waren in der Sturmflut der Schmerzen ertrunken.

Ich versuchte, mich aufzusetzen. Der rechte Arm war wie aus flüssigem Blei, er war schwer und zerfloß zugleich. Ich konnte ihn nicht bewegen.

Jetzt setzte mein Verstand wieder ein. Ich wurde sozusagen normal. Und ich begriff, daß ich verletzt war, daß ich einen Arzt brauchte, wahrscheinlich sogar ein Krankenhaus, und daß es nicht mit den fünf Aspirin getan sein würde, die ich mit der linken Hand aus einer Seitentasche meines Rucksacks nestelte.

17. Kapitel

»Wir haben die Wahl zwischen zwei Arten der Betäubung«, sagte der kleine untersetzte Mann, der an meinem Bettrand saß. »Voll oder örtlich. Voll ist eine ganz schön brutale Dusche für die grauen Zellen. Wie mehrere Räusche gleichzeitig. Dabei werden schon etliche in den Abfluß gespült auf Nimmerwiedersehen.« Er lachte und beugte sich über mich. »Sie haben sicher mehr als genug davon. Trotzdem schlage ich örtlich vor. Nur den Arm von der Schulter an.«

Ich nickte. Der Schmerz hockte in meinem Ellbogen und schoß seine Pfeile unaufhörlich in meinen Körper. Es gab so viele Ziele, daß er immer etwas traf. Ich stöhnte und warf den Kopf hin und her.

Er legte die Hand auf meine Stirn, unendlich sanft. Ich bin selten mit solcher Wärme und Zartheit von einem Menschen, geschweige denn einem Mann, berührt worden. Augenblicklich ließen die Schmerzen nach. Es war seine Art zu anästhesieren.

Ich weiß nicht einmal seinen Namen, aber was wäre ich gewesen ohne diesen Menschen, der sich wie ein Liebender um mich kümmerte. Er war mein Charon, mein Fährmann in dieser finsteren Unterwelt, durch die man mich schob, rücklings auf einem Krankenbett, die Kanüle in der linken Armarterie, der Verstand verwirrt von Schmerzen und Angst.

Während man mich durch Gänge und Schleusen zum Operationsraum rollte, an lauter grüngekleideten, mit Mundschutz und Haube maskierten Wesen vorbei, fielen mir Bruchstücke der letzten Stunden wieder ein. Sie waren verschieden groß und paßten nicht zusammen, Puzzlesteine aus verschiedenen Spielen. Da war die Straße in Kautokeino, das rote Haus der Bryggers, unnatürlich groß und wie von Blut bedeckt. Da war Ingrid, die auf mich zugekommen war, jedoch so langsam, daß Ewigkeiten vergingen, bis ihre Hand die Autotür öffnete. Ich lag mit dem Kopf auf dem Steuerrad. Es roch nach Erbrochenem, und die Mücken tanzten um mich herum. Sie waren groß wie Schmeißfliegen, und sie brummten wie Flugzeuge.

Bis zu dieser Stelle war ich aus eigener Kraft gekommen, vielleicht dank der Tabletten. Mein rechter Ellbogen war inzwischen groß und schwer wie ein Elefantenknie.

Bis heute ist mir unklar, wieso ein physischer und noch dazu punktueller Schmerz so destruktiv auf die Person wirken kann. Ich war nicht mehr ich selbst. Ich winselte wie ein Kleinkind, als Ingrid mich unter den Achseln packte und aus dem Wagen zog, dann waren andere gekommen, auch Inspektor Brygger. In meiner Erinnerung sieht er aus wie ein riesiger Schneemann.

Später saß ich auf der Veranda von Bryggers Haus. Ich roch die rote Farbe unnatürlich stark, so, als sei die hölzerne Villa erst vor kurzem gestrichen worden. Mir wurde wieder übel, und ich erbrach in eine Plastikschüssel, die Ingrid Brygger mir unters Gesicht hielt.

Plötzlich war da der Schatten einer vielbeinigen lärmenden Spinne, die sich an einem unsichtbaren Faden vom Himmel auf mich herabließ. Man brachte mich im Rettungshubschrauber nach Alta. Ich wurde geröntgt. Schwere Trümmerfraktur des rechten Ellbogengelenks war die Diagnose. Dank starker Spritzen war die Nacht erträglich. Ich verbrachte sie allein in einem weißen Zimmer. Die Jalousie war heruntergelassen, und ich verlor mich mit den Augen in den Lichtflecken und Streifen auf der Wand, bis ich für ein paar Stunden einschlief.

Dann lag ich im OP unter einer flachen künstlichen Sonne. Man hatte mir eine Beruhigungsspritze gegeben und einen Kopfhörer übergestülpt. In Trance durchstreifte ich endlose Wälder, deren Bäume sich wie Gräser im Wind bogen. Es war Sibelius.

Direkt neben mir auf einem Monitor die Tanzbewegungen eines grünen Punktes, das Dröhnen der Pauken, das Summen der Streicher, dazu die Hand des Dirigenten wieder und wieder auf meiner Stirn, die Schweißperlen abtupfend, während ich die dumpfen Stimmen der beiden Chirurgen durch den kleinen Vorhang neben meinem Kopf hindurch hörte.

Ich hatte keine Schmerzen mehr. Mein Arm war ein Stalaktit aus Eis. Als sie im Knochen bohrten, empfand ich es als Kitzeln in den Augenwinkeln. Dennoch hatte ich Angst, aber die Angst war nicht mehr als ein dünnes Hüpfseil, das ich im Rhythmus meiner Herzschläge wirbeln ließ. »Ihr Arm wird vielleicht steif bleiben«, hatte der Chefarzt gesagt. »Sie müssen zumindest mit einer starken Einschränkung seiner Beweglichkeit rechnen.«

Jetzt waren sie dabei, Splitter, Knochenteile zu entfernen. Das Radiusköpfchen zu rekonstruieren. »Du wirst nie mehr Flöte spielen können«, dachte ich. Jetzt, während der Operation, hatte diese Vorstellung etwas von einer gelungenen Pointe. Ich war zweifellos high.

Sie operierten zwei Stunden, die mir wie zehn Minuten vorkamen. Dann trat der Narkosearzt zu mir, beugte sich über mich und sagte: »Die Operation ist beendet. Jetzt kehrt das Leben gleich wieder in ihren Arm zurück.«

Er ließ die Luft aus der Gummimanschette und nahm sie ab. Wirklich, das Leben kehrte augenblicklich zurück. Aber es war nichts als purer Schmerz, von der Flutwelle zurückströmenden Blutes in meinen Arm gespült. Ich stöhnte, dann hatte ich sogar den Mut zu schreien.

Ich erhielt starke Schmerzmittel. Sie wirkten schnell, und ich schlief ein. Etwa alle drei Stunden kehrten die Schmerzen zurück. Dann wachte ich auf und drückte die rote Taste neben meinem Bett. Eine Schwester erschien und gab mir eine neue Spritze. So ging es zwei Tage und Nächte. Dann ließen die Schmerzen nach. Sie hörten nicht auf, aber sie waren nur noch ein gleichmäßiger Dauerton, dem ich bald keine große Aufmerksamkeit mehr schenkte. Das Ritual des stationären Krankenhausdaseins begann alles zu beherrschen. Es war eine Art Ersatzleben: Wecken um 6, Thrombosespritze, Frühstück, Mittagessen um 11.20. Das gleiche fette Fischessen, das ich von der Fähre kannte. Am Nachmittag Visite, um 5 Uhr Abendessen. Ab 6 die Nachtruhe in einer Nacht, die keine war. Ich verlor mein Zeitgefühl erneut und meine Außeninteressen.

Ich glaube, ich war sogar dabei, zu vergessen, warum ich hierhergekommen war. Eine kindliche Freude beschlich mich, als man mir sagte, wie zufrieden der Chefarzt mit den Röntgenfotos sei. Jetzt käme alles auf meinen Fleiß bei der Therapie an. Dann könne man mich bald entlassen. Ich nahm diese Ankündigung nicht allzu ernst, denn wohin sollte man mich überhaupt entlassen können?

18. Kapitel

Um die Schmerzen der Therapie besser zu ertragen, hatte ich mich in meine Krankengymnastin verliebt. Sie hieß Karin und hatte eine sehr mütterliche Art, mir durch Biegen und Dehnen meines verletzten Armes weh zu tun. Ich lag jeden Tag auf dem Behandlungsbett und versuchte, eins mit meinen Qualen zu werden. Wenn ich stöhnte, war es meine Art zu joiken.

Ich hätte den Impuls, in die Wirklichkeit zurückzukehren, womöglich ganz verloren, wären da nicht gewisse Boten und Botschaften der Außenwelt gewesen. So erhielt ich ein Telegramm meiner Dienststelle, in dem meine Mission für beendet erklärt und ich zur baldigen Rückkehr aufgefordert wurde. Man schien den Behandlungsmethoden am nördlichen Ende der Welt nicht recht zu trauen.

Dann hatte ich Besuch von Kommissar Brygger. Er verhörte mich eingehend zu dem Attentat. Offenbar schien er froh zu sein, mich außer Gefecht zu wissen. Außerdem hatte er meine Sachen, das Zelt, die übrige Ausrüstung und den Leihwagen dabei.

Er fragte mich, ob er den Wagen nach Hammerfest überführen sollte. Ich verneinte und war selbst erschrocken über diesen Rest an Rebellengeist in mir.

Ich war ungefähr zwei Wochen im Krankenhaus – es

hätten genausogut zwei Tage oder zwei Jahre sein können –, als ich Besuch von Anna und Inga erhielt. Sie brachten frischen Wind in meine Chloroformatmosphäre, setzten sich rechts und links auf die Bettkante und redeten gleichzeitig. Ursi sei da gewesen. Pastor Larsen habe sich ein Stehpult von ihm bauen lassen, an dem er sicher noch strengere Predigten entwerfen könne als im Sitzen. Die beiden tranken Orangensaft und kicherten viel, aßen Kekse und krümelten mein Bett voll. Als sie fort waren, stand ich auf und lief unruhig im Zimmer auf und ab. Warum war ich eigentlich noch hier? Mir fehlte nichts, außer daß mein rechter Arm sich nur in einem Winkel von ungefähr 45 Grad strecken und beugen ließ und die Finger meiner rechten Hand eine Faust bildeten, die ich nur mit Mühe wenige Zentimeter öffnen konnte.

Im obersten Stockwerk des Krankenhauses gab es eine sogenannte Cafeteria. Ein trister Raum voller Zigarettenqualm und mit einer Theke, an der man die Männer aus dem Bewegungsbad wiedertreffen konnte, Kerle mit schlaffen Bäuchen, die wie ich jeden Morgen mit ihren ausgeleierten Badehosen im körperwarmen Wasser standen und nach den Kommandos eines hübschen jungen Mädchens ihre Übungen machten. Es gab in dieser Invalidenschenke auch viele in Gips, Querschnittgelähmte im Rollstuhl, Wirbelsäulengeschädigte, den Kopf in einem Metallgestell, die beim Trinken den ganzen Körper zurücklegen mußten.

Die Stimmung war gehoben, obwohl es offiziell nur alkoholfreies Bier und Cola gab. Aber der Kenner bemerkte schnell die von Flachmännern ausgebeulten Hosentaschen.

Hier bekam ich einen Tip. Ich sollte es doch einmal mit der samischen Therapie probieren. Es gäbe einen Medizinmann namens Turi in der Stadt, der sich auf die alten Heilverfahren verstünde.

Obwohl es für stationäre Patienten verboten war, das Krankenhausgelände zu verlassen, war ich am nächsten Vormittag unterwegs. Die Adresse führte mich in ein Neubaugebiet, dessen Häuser an Halden verkommener, ausrangierter Kühlschränke erinnerten. Ich fuhr mit dem Bus hin. »Unten ist ein Bibelladen oder so was Ähnliches«, hatte man mir gesagt. Und wirklich, da war ein Schaufenster, hinter dem lauter Erbauungsschriften lagen. Es war auch eine Biographie des Lars Levi Laestadius dabei. Der Name »Turi« fand sich am oberen Ende der langen Klingelleiste.

Dann saß ich in einem Wartezimmer mit Blick auf den Altafjord. Das Meer sah von hier oben wie ein grüner Flickenteppich mit weißen Webstreifen aus. Ein scharfer Nordwind rüttelte am Fenster. Auf einem niedrigen Tisch lagen Zeitschriften mit barbusigen Frauen auf dem Cover. Es saßen noch andere Leute im Zimmer. Sie redeten nicht. Es herrschte eine gedrückte Stimmung, wie auf dem Flur einer Finanzbehörde.

Endlich kam ich an die Reihe. Turi war ein schneidiger kleiner Mann in einem gedeckten Straßenanzug mit Streifenweste. Es sah irgendwie schäbig elegant aus. Die dünnen Haare hatte er sich sorgfältig mit Brillantine quer über die Halbglatze gekämmt.

Er hörte sich meinen Fall an. Dann besah er sich die Wunde, aus der die Fäden noch nicht gezogen waren. Der Bluterguß war bereits zurückgegangen. Die Haut erinnerte an die Landkarte einer zerklüfteten Gegend.

»Das kostet tausend«, sagte Turi. Er hielt die Hand auf, und ich zählte mit meiner Linken zehn Hundertkronenscheine hinein. Sofort schritt mein Noiade zur Tat. Fasziniert sah ich zu, wie er aus einer Art Wohnzimmerschrank verschiedene Töpfchen holte und in einem Mörser eine grauweiße Substanz mischte, die aussah wie pelziger Schimmel. Aus einem Kofferradio kam Vormittags-Schlagermusik.

Schließlich war Turi fertig mit seinen Vorbereitungen. Er holte zwei Gläser und eine Flasche aus dem Schrank und schenkte uns ein. Es war bester Genever. »Zur Linderung«, sagte er. »Skål!« Ich trank und begann, mich vor soviel Einfühlungsvermögen ein wenig zu fürchten.

Ich mußte meinen lädierten Arm auf den Tisch legen. Turi bedeckte die verletzte Region mit der Substanz. Er stellte das Radio aus und holte ein goldenes Feuerzeug aus seiner Westentasche, schnippte es an und hielt die Flamme an die graue Masse, die stinkend und qualmend zu brennen begann.

Dazu murmelte er unverständliche Laute und hielt beschwörend die Hände in den Rauch. Das Ganze erinnerte an eine billige Varietévorstellung.

Es begann, wirklich weh zu tun, aber es war ein völlig anderer Schmerz als der, den ich ohnehin empfand. Er war nicht dumpf, er war scharf und beißend und wesentlich angenehmer. Dann war es vorbei. Turi wischte die Asche weg. Die Haut über meinem Ellbogen war gerötet und voller Blasen. Behutsam und fast zärtlich bedeckte Turi sie mit einer Salbe, von der er mir etwas mitgab. »Reich mir die Hand«, sagte er. Ich tat es, und er drückte sie. »Viel Glück«, sagte er und lächelte. Ich bedankte mich und ging. Auf der Treppe blieb ich stehen. Jetzt erst begriff ich: Ich hatte eben zum erstenmal meine schlaffen Finger öffnen können für einen richtigen Händedruck.

19. Kapitel

Als ich im Krankenhaus zurück war, wurde gerade Essen ausgegeben. Auf den Gängen standen große, verchromte Wagen, aus denen es dampfte und nach Fisch roch. Es gab wieder einmal Dorsch mit brauner Soße.

Die Schwester fragte mich, ob sie am Bett servieren solle oder am Tisch. »Am Bett«, sagte ich. Kaum war ich allein, holte ich meine Sachen aus dem Spind und packte sie zusammen. Das Essen ließ ich stehen, aber ich tauchte den Finger in die Soße und malte »bye« auf den Teller. Ich hatte diese pubertäre Ausbruchsinszenierung nötig. Erst später fiel mir ein, daß »bye« im Norwegischen »Regenschauer« heißt.

Der Volvo stand auf dem Krankenhausparkplatz. Ich verstaute meine Ausrüstung im Kofferraum und fuhr los, das Radio voll aufgedreht, die Fenster offen. Es ging mir gut wie seit langem nicht mehr. Ich war frei. Ich hatte nicht einmal mehr einen offiziellen Auftrag. Die Wunde am Ellbogen schmerzte, aber der Arm war viel beweglicher geworden, und die Finger taten ihren Dienst.

Ich fuhr aus der Stadt nach Westen, Richtung Lakselv. Ich wollte nicht über Kautokeino fahren, weil ich inkognito bleiben wollte. Anfangs war die Straße gut, dann, als ich ins Innere des Landes kam, wurde sie immer schlechter. Schließlich war sie ein unbefestigter Schotterweg. Irgendwann hielt ich und lief von der Straße weg über ein karges Fjell. Hier wuchs nichts, und die graue, von Felstrümmern bedeckte Gegend war nicht einmal spektakulär. Die Landschaft war Stein gewordene Trostlosigkeit.

Dann sah ich sie in der Ferne. Wie die auseinandergezogene Front einer Armee sah es aus. Es waren Bäume. Sie standen nicht allzu dicht beieinander, aber es war doch so etwas wie der Rand eines Waldes. Er schien näher zu kommen wie der gehende Wald in »Macbeth«.

Es war die Baumgrenze.

Die Bäume waren klein, zuerst kniehoch, dann reichten sie mir bis zur Brust. Dennoch waren sie offenbar uralt. Es waren Bonsai der Natur, Latschenkiefern und Birken, von Kälte und Wind klein gehalten, die Vorhut des nördlichen Waldgürtels. Wie Invaliden sahen sie aus mit verkrüppelten Gliedern, steifgewordenen, verdickten Gelenken. Obwohl es immer mehr wurden, wirkten sie einsam wie Einzelkämpfer, die aus den flachen Tälern und Mooren heraufgekommen waren, um gegen die Nacktheit der kahlen Tundra anzukämpfen.

Ich ging immer weiter. Rentiermoos knackte wie dünnes Eis unter meinen Schritten. Überall lagen knochenbleiche Baumskelette herum, im Krieg des Wetters gefallene Helden. Auch gab es weite Flächen, auf denen alles schwarz verbrannt war, Zahllose verkohlte Birkenstümpfe zeigten zum Himmel. Es war totenstill und roch brenzlig.

Immer noch war ich größer als alle Bäume. Dies war

mein Glück, sonst hätte ich vielleicht nicht zurückgefunden. Als ich wieder im Auto saß, hatte ich das Gefühl, einer namenlosen Gefahr entronnen zu sein.

Je weiter ich nach Süden kam, desto höher wurden die Bäume rechts und links der Straße. Bald hatten sie Gardemaß und verstellten den Blick auf den Horizont. Doch immer noch wirkten sie wie Individuen. Ich verstand plötzlich, daß es Götter unter ihnen gab. Die Melancholie ihrer flechtenbewachsenen Gestalten war einzigartig. Ich fühlte mich von ihnen beobachtet.

Am Abend erreichte ich Karasjok. Auch diese Stadt glich einem Barackenlager, doch das viele Grün der Umgebung ließ sie freundlicher erscheinen. Auch die Menschen kamen mir zugänglicher vor. Auf der Polizeistation erkundigte ich mich nach dem Möbelhändler Ursi. Er war einen Tag zuvor hier gewesen und hatte seine Produkte vom Lastwagen aus verkauft. Dann war er in Richtung Inari verschwunden.

Ich gab mich als Journalist aus. »Ich möchte einen Artikel über dieses Original schreiben«, sagte ich. »Was halten Sie von ihm?« Der Polizeibeamte, ein korpulenter Mensch mit Säuferaugen, lachte. »Ein Original ist er schon. Das ist reichlich schwach ausgedrückt. Ich würde sagen, er ist ein Rätsel.«

Ich muß ihn ziemlich verständnislos angesehen haben, denn er fuhr bereitwillig fort, von Ursi zu erzählen. »Weißt du, Ursi ist eigentlich Schweizer. Er hat lange in Sibirien im Gefängnis gesessen. Er wollte nämlich nach Kanada auswandern, aber er wußte nicht, wo es liegt. Er muß ein wenig blöde im Kopf gewesen sein, hatte wohl auch noch nie etwas vom Meer gehört. Also hat er sich verlaufen. Und als sie ihn in Rußland schnappten, haben sie ihn nach Sibirien geschickt, er aber hat gedacht, er sei in Kanada. So hat es Ursi mir selbst erzählt. Als sie ihn nach zehn Jahren zurückgeschickt haben in die Schweiz, ist er gleich am folgenden Tag noch einmal losgelaufen. Diesmal stimmte die Richtung etwas besser, aber sie war immer noch falsch genug. Es hat eine Weile gedauert, bis er begriff, daß dies nicht Kanada ist, aber er hat sich gleich wohl gefühlt in den Wäldern hier. In der Schweiz war Ursi Tischler, also hat er hier seinen Beruf wieder aufgenommen. Seit dreißig Jahren lebt er nun bei den Skoltlappen am Inari-See. Sie haben ihn in ihren Stamm aufgenommen. Er ist ein Noiade.«

Ich warf ein, daß hier offenbar jeder zweite Lappe ein Noiade sei. Matti Utson aus Kautokeino zum Beispiel und Turi aus Alta. Mein Informant lachte. »Sie haben noch wenig von diesem Völkchen begriffen. Die nehmen es mit der Wahrheit nicht so genau, wissen Sie. Obwohl dies eigentlich auch nicht stimmt. Wir sollten besser sagen, mit unserer Wahrheit. Sie selber haben auch eine Art von Wahrheit, mit der sie es sehr genau nehmen. Zum Beispiel ist eine gut erzählte Geschichte bei ihnen eine wahre Geschichte. Utson ist übrigens kein wirklicher Noiade, höchstens ein ganz schwacher. Aber er erzählt gut von den Geistern. Eigentlich ist er ein gewaltiges Schlitzohr und ein Geschäftsmann wie er im Buche steht. Seine Herde ist eine der größten hier oben. Sie steht zur Zeit auf der Varanger-Halbinsel. Utson braucht einen tragbaren Computer, um damit fertig zu werden.«

Wieder einmal wurde mir ein Aluminiumkaffee mit einem Schuß Selbstgebranntem angeboten. Er schmeckte köstlich, denn zum erstenmal brachte ich es fertig, die Tasse, wenn auch unter Schmerzen, mit meiner rechten Hand zum Munde zu führen.

»Wie finde ich Ursi?«

»Das ist nicht einfach. Als echter Noiade kann Ursi fliegen. Er muß sich dazu nur in einen Vogel hineinversetzen und mit den Zähnen knirschen.« Er lachte wieder. »Wissen Sie, es wird immer wieder behauptet, diese Samen können nicht logisch denken. Das ist purer Unsinn. Sie sind die größten Logiker auf diesem Erdboden. Geister zum Beispiel entstehen nach ihrer Meinung dadurch, daß einige Leute zugleich an Christus und an Zauberei glauben. Wenn sie sterben, können sie deshalb weder in den Himmel noch in die Hölle. Was bleibt ihnen anderes übrig, als ein Geist zu werden! Das nenne ich Logik, dagegen sind unsere Pastoren und unsere ungläubigen Mitbürger allesamt Spinner.«

Ich wiederholte meine Frage, und nachdem sich mein lachlustiger Gastgeber beruhigt hatte, bekam ich folgenden Tip: Ich solle Ursi nicht suchen, sondern mich von ihm finden lassen. Er sei wie alle Samen von geradezu kindlicher Neugier. Ich solle also überall herumerzählen, daß ich einen besonderen Stuhl suche, den niemand bauen könne. Einen Stuhl mit zwei Beinen und der Lehne nach vorn.

Wieder fing er an zu lachen. »Vielleicht meldet sich

Ursi dann von selbst. Und noch etwas, Noiaden können Bäume durch ihren bloßen Blick zum Absterben bringen. Suchen Sie also Stellen im Wald mit besonders vielen toten Bäumen, verfaulten oder vertrockneten Stämmen. So was ist gewöhnlich ein Noiadenlieblingsplatz.«

Ich hörte sein Lachen noch, als ich schon draußen war und mein Auto anließ, um weiter nach Inari zu fahren.

Wenige Kilometer hinter Karasjok überquerte ich mit einer kleinen Fähre einen schwarzen, stillen Fluß. Die Wälder an seinen Ufern schienen im Licht des späten Abends in Flammen zu stehen. Es war die Grenze nach Finnland.

Auf den hundert Kilometern nach Inari begegnete mir ein einziges Fahrzeug, ein R4 mit zwei Italienern, die eine Pizzeria in Kautokeino eröffnen wollten, wie sie mir bei einem Schwätzchen am Straßenrand erzählten.

Dann ging es weiter. Ich hatte das Gefühl, mit meinem Wagen auf einem Prüfstand für Bremsen mit sich drehenden Rollen zu stehen, während rechts und links endlose Pilgerkarawanen von Fichten und Birken vorbeizogen. Ich wußte schon längst, daß hier oben nicht nur das Gefühl für Zeit, sondern auch das für Räume, für Entfernungen verlorengeht. War ich bereits infiziert von dieser Seuche des Nordens, die Natur für eine Form der Geselligkeit zu halten? Bäume und Wolken und Flüsse und Felsen als Gesprächspartner in einem wahnsinnigen, nicht enden wollenden Dialog?

Ich mietete mich im einzigen Hotel am Ort ein. Es war voller Touristen. Man gab mir eine winzige Kammer unterm Dach, wo sonst nur Wäsche getrocknet wurde. Vom schrägen Dachfenster aus konnte ich den Inari-See sehen, dieses endlose, verwirrende Binnenmeer mit unzähligen Inselchen wie eine Herde Wale. Das Wasser des Sees war spiegelglatt. Eine schwefelgelbe Dunstschicht bedeckte es, soweit das Auge sah.

Ich war todmüde, aber ich hielt es für angebracht, an der Hotelbar noch einen Schlaftrunk zu mir zu nehmen. Hier traf ich auf eine Ansammlung von Nachteulen, wie man sie überall auf der Welt in der Nähe von Zapfhähnen und umgedrehten, mit Dosierkammern versehenen Spirituosenflaschen findet. Die Gespräche drehten sich ums Angeln, um den Dollarkurs und die sinkenden Holzpreise. Es waren nicht nur Urlauber, sondern auch Geschäftsleute und Vertreter.

Ich trank einen Maltwhisky und stellte meine Frage nach Ursi. »Der verrückte Schweizer?« Ich nickte. Sofort wurden Ursi-Anekdoten zum besten gegeben. »Man kann ihn manchmal hören, wenn er Alphorn spielt. Es schallt viele Kilometer über den See«, sagte der Barkeeper, der sich als Ursi-Fachmann ausgab. »Wenn Sie ihn finden wollen, mein Herr, dann sollten Sie einfach in den Wald gehen, sich auf einer einsamen Lichtung auf den Rücken legen und warten.«

»Aber bekommen Sie nicht den Waldkoller«, sagte ein Gast. Sofort schwenkte das Gespräch zum neuen Thema um. Fast jeder wußte einen Beitrag zu dem seltsamen Phänomen, das überall in den Wäldern des hohen Nordens, egal ob in Kanada oder in Finnland, auftreten soll. Jemand wagt sich in den Wald und findet nicht mehr heraus, geht tagelang im Kreis, bis er vor Schwäche umfällt und stirbt, manchmal nur wenige Meter von einer Straße entfernt. »Es sind die Moderdüfte«, sagte mein Nachbar. »Der alte Wald riecht nach Frau. Es verwirrt den Orientierungssinn.«

Ein neues Thema war da, und ich zog es vor, ins Bett zu gehen, denn am nächsten Morgen wollte ich mit meiner Suche nach Ursi beginnen. Aber eine letzte Frage stellte ich noch. »Sind die Barhocker auch von Ursi?«

Der Barkeeper lächelte. »Natürlich, das merken Sie doch. Oder haben Sie jemals so gerne so unbequem gesessen?«

20. Kapitel

Am nächsten Tag machte ich einen ausgedehnten Ausflug in die Wälder der Umgebung von Inari und dem 40 Kilometer weiter südlich gelegenen Ivalo. Es waren verwirrende Wälder, ohne Forstwege, ohne Kahlschläge, ohne Stöße von Schnittholz. Offensichtlich wurden sie nicht von Menschen genutzt. Alles war ineinander verfilzt, borealer Dschungel. Moose, Schmarotzerpflanzen, Baumpilze, sterbende und keimende Natur, verrottende Stämme und stattliche Bäume bildeten eine Gemeinschaft, die so eng war, daß es für einen Menschen kaum ein Durchkommen gab. Und es roch wirklich nach Frau.

Ich orientierte mich mit Hilfe von Kompaß und Karte. Einmal setzte ich mich auf einen Baumstumpf, dachte an Ursi und knirschte mit den Zähnen. Ich hörte brechende Zweige und sah gerade noch, wie eine Elchkuh davonstürmte.

Am Abend saß ich wieder auf meinem Barhocker. Hier hatte ich mehr Glück. Zu den Gästen gehörte diesmal ein junger Finne, ein Mitglied der Wildnisbewegung, die in Ivalo ihren Hauptsitz hat. Von ihm erfuhr ich einiges über den hiesigen Wald. Er stehe als Schutzwald gegen die Tundra unter dem sogenannten Schutzwaldgesetz von 1922. Das bedeute, daß nicht gerodet werden darf und keine Holzgewinnung zur Zelluloseherstellung im großen Stil erlaubt ist. Fällen von Bäumen sei nur für den Eigenbedarf gestattet. Was Ursi zum Beispiel mache, für seine Tischlerei einzelne Bäume fällen, sei legal. Dieser Wald sei nämlich kein künstlich aufgeforsteter, sondern ein aus der natürlichen Verteilung der Samen hervorgegangener.

»Es ist ein sogenannter Plenterwald, bei dem Bäume aller Arten und Altersstufen in unregelmäßiger Mischung über die ganze Fläche verteilt sind«, sagte der Finne. »Übrigens eine im Mittelalter in ganz Europa verbreitete Waldform. Hier bei uns haben Sie noch Mittelalter vor der Haustür! Die angemessene Bewirtschaftungsform ist der Plenterhieb, so wie Ursi ihn meisterhaft beherrscht.«

Bei dem Wort »Plenterhieb« begann mein Arm wieder zu schmerzen. »Was ist das?« fragte ich.

»Kein flächiges Schlagen, sondern das Auswählen einzelner Exemplare nach dem jeweiligen Bedarf des Nutzers. Ursi zum Beispiel kennt die meisten Bäume persönlich. Er redet mit ihnen, er tätschelt sie, er hört ihnen zu, wie sie knarren, wenn es stürmt. Wenn er einen seiner Bäume fällt, kommt es einer kleinen Gerichtsverhandlung gleich. Er diskutiert mit dem Delinquenten, heißt es. Die Vollstreckung des Urteils ist in jedem Falle liebevoll. Mit der Säge, nicht mit der Axt. Die Axt ist eine späte Errungenschaft der Holzfäller, als Arbeitskräfte teurer wurden. Sie quält den Baum, behauptet Ursi. Wir müßten mehr von seiner Sorte haben. Neuerdings wird versucht, die Schutzwaldbestimmung zu unterlaufen, indem der Eigenbedarfsparagraph auch der Holzindustrie zugebilligt wird. In den für den Zutritt gesperrten Regionen zwischen Inari-See und der russischen Grenze wird bereits im großen Stil abgeholzt.«

Ich gab meinem bekümmerten Nachbarn einen Whisky aus. »Was ist für die Holzindustrie an diesen verfilzten Urwäldern eigentlich interessant?« fragte ich.

»Nichts. Es geht ums Prinzip. Um die Macht über die Natur. Es ist die alte Krankheit. Der Mensch lebt nicht mit der Natur, sondern gegen sie, weil er Angst vor ihr hat. Ursache der Sägewerke hier oben ist ein kollektiver Minderwertigkeitskomplex. Die Samen sind da anders.« Er seufzte.

»Hat das Holz hier besondere Eigenschaften?«

»Es ist krummer und fester als das im Süden. Ursi behauptet, es sei von wunderbarer Kraft durchdrungen. Es gibt Bäume, die singen können, wenn der Wind in ihre Wipfel wie in eine Harfe greift. Das sind seine Worte. Seiner Meinung nach gibt es hier oben das beste Klangholz der Welt, und er flucht über uns und sogar seine Freunde, die Samen, daß sie gewöhnlich so unmusikalisch sind. Sie sitzen lieber statt zu spielen. Deshalb müsse er immer Sitzmöbel für ihre Ärsche bauen.«

»Liebt Ursi Musik?«

»Das kann man wohl sagen. Er ist ein großer Verehrer unseres größten Komponisten.«

»Sie meinen den, den manche hämisch als musikalischen Förster bezeichnen, weil er Wälder komponiert habe?«

»Genau den meine ich.«

»Wo hat Ursi eigentlich seine Werkstatt?«

»Auf der Ladefläche eines Lkw. Er will mobil sein, ein nomadisierender Schreiner.«

»Baut er auch Instrumente?«

»Es gibt nur Gerüchte darüber. Ich glaube, er hat einige Lappentrommeln gebaut. Und ein Alphorn aus einer gekrümmten Fichte. Einige wollen es schon gehört haben. Ein klagender Urweltton, der die Samen verrückt macht und Wölfe anlockt. Die Samen halten Ursi für einen Noiaden, weil er Macht über die Wölfe habe. Ich selbst habe einmal mitten im Winter einen solchen Klang gehört. Ein tiefer Wolfslaut. Mir schien, daß er von einer der Inari-Inseln kam. Mir ist ganz komisch geworden. Stellen Sie sich ein Alphorn in dieser Gegend vor! Dabei paßt es eigentlich. Es soll in den Alpen als eine Art Telefon benutzt worden sein, ähnlich wie das Joiken bei uns.«

Eine gespenstische Stimmung war im Raum entstanden. Wir hatten unwillkürlich die Stimmen gesenkt. Auch der Barmann, der sich jetzt einmischte, flüsterte. »Wenn Sie Ursi suchen, sollten Sie es auf dem See versuchen. Er liebt die Inseln mit ihrem dichten Wald. Forstmaschinen kommen dort nämlich nicht hin. Sie sollten sich ein Boot leihen und auf Rauch achten. Es ist möglich, daß es von seiner Kote stammt.«

Mir schien, es war ein guter Rat. Ich ging früh zu Bett, um die Kraft zu haben, ihn trotz meiner Behinderung in die Tat umzusetzen.

21. Kapitel

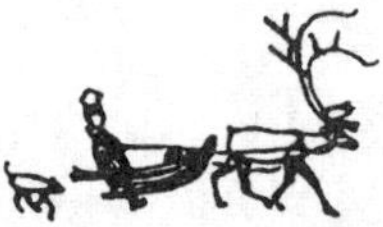

Als ich im Heck des geliehenen Kanadiers saß und versuchte, mit Paddelschlägen über den Spiegel des Inari-Sees zu gleiten, mußte ich feststellen, daß ich dabei war, ein schiefer Mensch zu werden. Meine rechte Schulter schmerzte bei jedem Eintauchen des Paddels. Sie war dabei, steif zu werden, weil ich neuerdings fast alles mit der linken Hand erledigte. Hemdenzuknöpfen, Gläser zum Mund führen. Es ist offenbar enorm, zu welcher Kraftleistung sich all diese Alltagshandlungen summieren.

Ich hatte Schmerzen, und ich bekämpfte sie nach Art der Eingeborenen durch einen anderen Schmerz, durch eine brutale Form der Akupunktur: Ich stach mir mit meinem Lappenmesser in die linke Schulter. Es tat weh und blutete eine Weile. Aber nun gelang es mir besser, Kurs zu halten.

Vor mir hatte ich die Kopie einer genauen Karte des Inari-Sees. Das Original hatte van Houten gehört. Auf der Karte gab es ein paar Bleistiftkringel, die mich interessierten. Sie markierten verschiedene kleinere Inseln im Labyrinth dieser amphibischen Welt.

Ich hielt nach einer Rauchfahne Ausschau. Dabei mußte ich an das »Lied eines schiffbrüchigen Europäers« denken.

Es ist vom fast vergessenen deutschen Dichter Reinhold Lenz, ich kenne es auswendig, und ich brüllte es nun über den See:

Wenn ichs noch bedenke –
Auf der langen Seereis' – überall –
Wo die Luft so feucht war, gab sie Wein,
Auf Madera, an dem frohen Kap –
Wo es kalt war, flößte sie uns Holz zu.
Riesen sahen wir, wie David,
Und bezwangen sie mit kleinen Steinchen;
Wilde Teufel sahen wir, sie sangen
Uns die kauderwelschen Friedenslieder
Daß wir ihrer Gutheit lachten –
Ach! Wohltätige Natur!
Ost- und westwärts – Überall!
Sieh! Dies letzte Scheitchen Holz
Leg' ich auf – Sein Rauch verschwindet
In die Luft – und niemand meldet sich –
Allbedenkende Natur!
Hast du mich vergessen?

Besonders die letzten Zeilen schrie ich mit voller Lungenkraft übers Wasser. Kein Zweifel, ich war dabei, ein wenig verrückt zu werden.

Manchmal begegnete ich anderen Kanuten und fragte vergeblich nach Ursi. Die meisten hatten noch nie etwas von ihm gehört. So ging es drei Tage. Ich hatte genügend Proviant mit. Die Nächte verbrachte ich schlafend im geankerten Boot unter einem feinen Moskitonetz.

Langsam begann mir die Unternehmung zu gefallen.

Ich angelte viel und briet die Fische über dem Feuer, das ich am Geröllstrand kleiner Inseln entfachte. Meine Sinnesorgane schärften sich. Auch meine Art zu denken schien verändert. Ich dachte sinnlicher. Wenn mir Ingrid oder Karin einfielen, spürte ich ihre Berührung. Ich war nahe daran, den Anlaß meiner Expedition zu vergessen. Um dies zu verhindern, trug ich den Pullover mit der Markierung, wenn ich die Inseln durchstreifte. Ich schlüpfte im wahrsten Sinne des Wortes in die Haut van Houtens. Auch den Bohrer hatte ich dabei und einen roten Frauenschuh.

Ich entnahm den Bäumen Holzproben und roch daran. Ich maß den Umfang in Brusthöhe und wiegte fachmännisch den Kopf dabei, ohne das mindeste von diesem Handwerk zu verstehen.

Genau bei diesen Tätigkeiten geschah es dann. Ich hatte mir eine ziemlich große wohlgewachsene Fichte am Rande einer Lichtung vorgenommen, den Bohrer angesetzt und halb hineingedreht, als ich ein Geräusch hörte. Es konnte genausogut ein Plätschern von Wellen wie das leise Lachen eines Menschen sein.

Ich drehte mich um und sah ihn. Natürlich wußte ich sofort, wer es war, obwohl man nicht erkennen konnte, ob das Geschöpf Mann oder Frau war. Er war ziemlich klein gewachsen, das Gesicht schwarzbraun, die Augen dunkel leuchtend, die Augenbrauen buschig und schwarz, das Haar pechschwarz und rings um den Kopf herabhängend. Darauf saß eine rote flache Mütze. Er hatte einen grauen Kittel an, der über der Brust aufklaffte. Die Brust sah wie Krötenhaut aus.

Es war Rumpelstilzchen oder ein Troll. Ich mußte gestehen, daß ich einen ziemlichen Schreck bekommen hatte, zumal der Kerl bewaffnet war. Er trug ein langes Messer im Gürtel und einen schweren Knüppel in der Hand.

Ursi kam näher. Dabei sprach er mich an. Erst auf Finnisch, dann in einer Art Schwyzertütsch. »O du armer Mensch, welche Umstände eines schweren Schicksals haben dich hierhergetrieben, wohin niemand zuvor sich gewagt hat. Noch nie habe ich einen Fremden auf dieser verzauberten Insel gesehen. Du armer Mensch, was willst du hier?«

Ich schämte mich ein wenig, denn ich dachte, daß meine Sehnsucht, ein Kind zu sein, sich nun auf eine kindliche Weise verwirklicht hatte. Ich war in einem illustrierten Märchenbuch. Das alles konnte einfach nicht wahr sein.

Ursi ging zum Baum und zog den Bohrer heraus. Dann legte er sein Ohr an den Stamm und klopfte leicht mit der Keule dagegen. Er schüttelte den Kopf. »Kein gutes Klangholz. Zuviel Saft, zu schnell gewachsen.« Er kicherte. »Du bist kein Holzkenner. Aus irgendeinem Grund tust du nur so.«

Er kam auf mich zu und reichte mir die Hand.

»Herzlich willkommen. Ich bin Ursi, und du bist der holländische Inspektor, der wie vom Erdboden verschwunden ist. Du möchtest mich kennenlernen! Trinken wir also einen Kaffee zusammen.«

Ursi ging voran, benutzte sein Lappenmesser wie eine Machete, um uns den Weg durch das Dickicht zu bahnen. Wir wurden von einem dichten Schwarm Mükken begleitet, um den sich mein Führer nicht zu kümmern schien.

Die Kote stand auf dem höchsten Punkt der Insel. Ein typisches Samenzelt. Eine Pyramide entrindeter Äste, schweres Tuch, eine Öffnung oben als Rauchabzug. Direkt neben dem Zelt erhob sich ein großer, toter Baum. Ich entsann mich, ihn schon vom Wasser aus bei der Annäherung an die Insel gesehen zu haben.

Ursi schien meinen Blick bemerkt zu haben. »Siehst du, das zum Beispiel ist gutes Holz. Es ist sogar von besonderer Qualität. Gutes Bauholz und noch besseres Klangholz. Da solltest du deinen Bohrer ansetzen. Aber laß ihn lieber in Frieden. Es ist der schönste Kelo weit und breit.«

»Was ist ein Kelo?«

»Laß uns bei einem guten Kaffee darüber reden.«

Er zog das Tuch beiseite und verschwand im Zelt. Auch ich kroch hinein. Es war dämmrig. Als meine Augen sich an das Zwielicht gewöhnt hatten, sah ich, in welch unbeschreiblichem Chaos wir uns befanden. Ich hatte davon gehört, daß die Samen ein anderes Verhältnis zur Ordnung haben als wir. Sie verfügen in ihrer traditionellen Wohnkultur über keine Schränke und Schubladen. Ihre Habe liegt auf dem Boden oder ist an Schnüren aufgehängt. Dennoch hat alles seinen Platz. Die Unordnung ist höchst praktisch organisiert. Hier jedoch war allein schon die Fülle der Gegenstände labyrinthisch. Nützliches wie Kleidung, Werkzeug, Nahrungsmittel türmte sich neben Nutzlosem wie Puppen und geschnitzten Objekten, die mich an afrikanische Totemkunst erinnerten. Man konnte den Eindruck gewinnen, in einem von Vandalen verwüsteten ethnologischen Museum zu sein.

Ursi machte Feuer. Er benutzte keine Streichhölzer, kein Feuerzeug. Er machte es anscheinend auf die »alte« Weise. Ich konnte nicht genau sehen, wie es funktionierte. Jedenfalls schlug er Steine gegeneinander und blies dann vorsichtig auf eine trockene, zunderähnliche Substanz, bis eine Flamme erschien. Als das Feuer in der Mitte des Zeltes richtig brannte, hängte er einen schwarzen Kessel mit Wasser darüber. Dann warf er etwas in die Glut. »Pilze«, sagte er. »Gut gegen die Mükken.« Es roch streng und dennoch angenehm.

Als das Wasser kochte, griff er in einen Sack und holte eine Handvoll bräunlicher Krümel heraus. »Rinde«, erläuterte er. Er warf sie in den Kessel und stellte ihn neben sich. »Es ist anregender als gewöhnlicher Kaffee. Man empfängt etwas von der Kraft des Baumes.«

Wir tranken das Gebräu aus Birkenholztassen. Ursi saß mit gekreuzten Beinen vor mir und musterte mich aufmerksam. Ich lag halb auf der Seite und versuchte meine Beine zwischen all dem Gerümpel unterzubringen. Das Getränk schmeckte bitter und, wie ich beruhigt feststellte, ein wenig nach Aluminium.

»Du liebst Musik«, sagte Ursi.

Ich nickte.

»Du spielst Querflöte.«

Ich nickte wieder. Ehe ich fragen konnte, woher er das wisse, fuhr er fort: »Ich sehe es an deinen Lippen.

Wenn du an Musik denkst, bewegen sie sich in einer charakteristischen Weise. Du spielst innerlich mit. Ein Flötist ohne Instrument.«

Er lachte über seinen kleinen Triumph.

»Was ist ein Kelo?« fragte ich.

»Du kommst gleich zur Sache. Möchtest du einen Kelo kaufen? Meinen hier zum Beispiel? Ich sage dir, er ist unbezahlbar. Ich würde lieber dich erschlagen, als zulassen, daß du ihn erschlägst.«

»Es ist ein toter Baum, warum ist er dann soviel wert?«

»Ein Kelo ist immer ein toter Baum, biologisch gesehen. Aber geistig nicht. Im Gegenteil. Kelos sind Persönlichkeiten. Ich kenne alle in diesen Wäldern rundherum. Es sind ein paar hundert. Kelos haben das beste Klangholz der Welt. Abgestorbene Fichten oder Kiefern, dreißig oder hundert Jahre alt. Die Qualität hängt davon ab, wie lange sie abgestorben sind. Das Holz arbeitet nicht mehr. Es hat dadurch einen wunderbaren Klang. Für eine Geige zum Beispiel oder ein Cello gibt es keine bessere Decke als eine aus Keloholz.«

Ich nickte, als ob ich etwas verstand.

Ursi wirkte erregt. Seine Stimme wurde lauter und lauter. »Leider ist es auch ausgezeichnetes Bauholz. Seit Jahrhunderten werden Kelos wegen dem verdammten Grubenausbau umgebracht. Warum? Ich will es dir sagen. Der Kelo hat eine laute Stimme. Er spürt den Druck des Berges über sich, und er stöhnt, wenn der Druck zu groß wird. Er warnt dadurch den Bergmann vor drohender Gefahr.«

Irgend etwas arbeitete in meinem Kopf. Aber es fiel mir schwer, mich zu erinnern. Je länger ich hier lag, um so mehr geriet ich in einen Schwebezustand, der mich alles vergessen ließ. Doch dann fiel es mir ein, das Stöhnen und Seufzen aus der Grube von Bidjovagge. »Roter Damenschuh«, murmelte ich.

Ursi kicherte. »Einige Holländer würden am liebsten Holzpantinen aus Kelos machen.«

Er warf erneut eine Handvoll Pilze ins Feuer. Ich hatte das Gefühl, daß der Raum dadurch schlagartig dunkler wurde. Ich ahnte wohl, daß ich mich in großer Gefahr befand, aber statt Furcht zu verspüren, empfand ich es als angenehm.

»Ich möchte, daß du mir eine Zaubertrommel machst.«

»Ich baue keine für Fremde. Nur für Samen.«

»Solche wie Matti Utson?«

»Du kennst dich gut aus in Kautokeino. Es ist wahr, ich habe ihm eine Trommel gemacht. Aus einem sehr alten Kelo. Ich habe die Stelle genommen, wo der Stamm sich zum erstenmal verzweigt. Es ist die Schicksalsstelle.«

Es gab keinen Grund zur Heiterkeit, aber ich mußte plötzlich fürchterlich lachen. Tränen liefen mir die Wangen herab. »Der Stamm verzweigt sich, und was machen die Zweige? Sie verästeln sich!« Ich lachte, als hätte ich einen gelungenen Witz erzählt. Aber Ursi blieb vollkommen ernst. Ungerührt fuhr er fort.

»Weißt du, eine Geige klingt eigentlich häßlich, in den tiefen Lagen wie eine Hummel und in den hohen wie eine Mücke. Daß wir ihren Ton dennoch als schön empfinden, liegt nur an dem, was uns der Baum, aus dem die Geige gemacht wurde, zu erzählen hat.«

»Warum bist du aus deiner Heimat weggegangen?«

»Sie haben dort die Wälder ruiniert. Ich hoffte, daß es in Kanada besser ist. Und nun stelle ich fest, daß wir selbst hier nicht mehr sicher sind.«

Wieder warf Ursi Pilze ins Feuer. Es wurde stockfinster, nur der Rauch stieg rot, grün und blau aus den Flammen wie ein kleines Nordlicht.

»Es gibt keine einzige Musik auf der Welt, die so tief im Holz verwurzelt ist wie die Musik von...

»Sibelius«, sagte ich. »Dieser komponierende Oberförster.« Wieder bekam ich einen Lachanfall.

»Kennst du Melencolia von ihm?« fragte Ursi. »Du mußt zugeben, das Cello klingt in diesem Stück wie ein Baum, der mit seinen Wurzeln die Erde spürt und mit seiner Krone den Himmel. Und dazwischen nistet der Vogel einer viele hundert Jahre alten Traurigkeit. Der Kelo als Brücke zwischen oben und unten, zwischen Himmel und Hölle.«

Wieder einmal hatte ich das dunkle Gefühl, Zeuge eines Vortrags zu sein. Ich war als Zuhörer einer Reihe von Vorträgen hier oben. Das belustigte mich wieder, und ich begann vor mich hin zu kichern.

»Sibelius«, fuhr Ursi fort, »hat übrigens den größten Teil seines Lebens in einem im tiefen Wald gelegenen Holzhaus verbracht. Er war offensichtlich holzfixiert. Sein Lieblingsinstrument, das er selbst auch meisterhaft spielte, war die Violine.«

Es gibt Situationen im Leben, in denen einem das Verrückte normal und das Normale verrückt erscheint. Sie sind nicht eben häufig. Die erste Berührung mit einer geliebten Person gehört dazu und mit Sicherheit auch der Moment des Todes, der endgültige Abschied. In solch einer Situation befand ich mich nun.

22. Kapitel

»Hörst du ihn, Piet? Den Baum, aus dem die Klangdecke des Cellos gemacht wurde? Der Komponist hat es verstanden, ihn zum Sprechen zu bringen. Das Klavier dagegen behandelt er wie eine Frau. Es klingt, als tanze sie um den Kelo herum.«

Ich sah sie vor mir, im weißen Kleid, die Haare offen, mit dem Blick den emporgestreckten nackten Armen folgend. In kleinen Schritten bewegte sie sich um einen grauen, rindenlosen Baum herum.

»Melencolia«, sagte Ursi. »Das Ende ist düster. Der Baum fällt, die Frau wird erschlagen.«

Wäre ich dazu in der Lage gewesen, ich hätte an meinem Verstand zweifeln müssen, denn ich hörte und sah die Musik wirklich. Sie füllte den ganzen verräucherten Raum.

»Und dies ist Kuomela. Eine andere große Komposition des Meisters. Diesmal keine Kammermusik, sondern sinfonisch. Kein einzelner Baum auf einer Lichtung, sondern ein ganzer Wald. Hörst du? Ein borealer Urwald, licht und doch undurchdringlich, denn die Abstände zwischen den Bäumen sind voller Geister. Hörst du die Blasinstrumente, die Vögel im Wald der Streicher? Sie haben es leichter, denn sie sind den Geistern ähnlich.«

Ich nahm die Musik mit meinem ganzen Körper auf.

Noch heute glaube ich, daß kein Konzertsaal der Welt eine bessere Akustik besaß als Ursis Kote. Ich sah die Tonfolgen und Akkorde, ich roch den Wald, der nach Frau roch, ich sah das Ineinander der Klangfarben wie bunte Nebelschleier über dem See. Im Sommerwind sich wiegende Wipfel, lichte Birken mit zartem Grün zwischen düsteren Fichten und verkrüppelten Kiefern.

»Weißt du was ›Kuomela‹ heißt? Es ist das finnische Wort für ›Tod‹. Folgendes geschieht gerade. Es ist Nacht. Paavli glaubt nicht, daß es einen Tod gibt. Seine Mutter aber liegt im Sterben. Sie liegt auf dem Totenbett und erzählt ihrem Sohn, sie habe geträumt, auf einem Ball gewesen zu sein.«

Ich war Paavli, und ich saß am Bett meiner sterbenden Mutter. Schwarz hob sich ihr Haupt vom weißen Kissen ab.

»Während sie erzählt, wird Paavli müder und müder. Schließlich schläft er ein. Das Dunkel der Nacht weicht einem immer stärker werdenden rötlichen Licht. In der Ferne ertönen die Klänge eines zunächst nur in Konturen angedeuteten Walzers, des Valse triste.«

Ja, ich hörte ihn, das bekannteste Stück von Sibelius, fast ein Gassenhauer, oft als Zugabe mißbraucht, aber jetzt von unglaublicher Eindringlichkeit. Zugleich wurde ich müder und müder, Ursis Stimme aber drang in meinen Schlaf.

»Die Walzerklänge kommen immer näher, werden stärker und stärker. Sie wecken die Kranke auf. Sie verläßt ihr Lager. Tanzende Paare erscheinen. Sie weichen ihr aus, sooft sie sich ihnen zu nähern versucht. Schwächer und schwächer wird sie, bis sie ermattet niedersinkt. Wieder und wieder rafft sie sich auf und versucht zu tanzen. Auf dem Höhepunkt des Valse triste klopft es an die Tür. Hörst du es? Ein hohles Pochen. Die Tür geht langsam, ganz langsam auf, und die Spukgestalten verschwinden. In der Tür steht der Tod. Groß und hager, mit weiß geschminktem Gesicht und einem schwarzen Tuch, das seine Kahlheit bedeckt. Die Mutter hält ihn für ihren verstorbenen Mann und tanzt mit ihm zur Tür hinaus. Der Sohn erwacht und findet die Mutter tot.«

Ich schreckte hoch. »Mutter«, flüsterte ich. Ich glaubte sie liegen zu sehen zwischen all dem Gerümpel, ein magerer starrer Körper in einem Totenhemd. Ich wollte aufstehen, um mich ihr zu nähern, aber es ging nicht, meine Glieder waren wie Blei. Ich sah, wie Ursi am Feuer kniete und neue Pilze in die Flammen streute. Dann erklang wieder Musik, in die sich seine Stimme mischte.

»Was du jetzt hörst, Piet, ist die Lemminkäinen-Suite. Sie fußt auf dem uralten, in Runen überlieferten Nationalepos der Finnen, dem Kalevala. Es ist die Iliade des Nordens. Der Gegensatz der Griechen und Trojaner gleicht dem der Finnen und der Samen. Lemminkäinen ist blond und groß, ein Weiberheld, wie er im Buche steht. Er ist wie du und wie Siegfried aus der Nibelungensage.«

Ursi schien in bester Laune. Sein vom Feuer beleuchtetes Gesicht schwankte wie eine Wagenlaterne hin und her.

»Genau wie du nimmt sich Lemminkäinen ein Boot und steuert es zur Insel Saari, die mitten im Inari-See liegt. Es ist die heilige Insel der Samen. Hier treibt er es mit den schönen Jungfrauen so wild, daß die Männer der Insel ihm nach dem Leben trachten.«

Unwillkürlich sah ich sie alle vor mir: Ingrid, Anna, Inga, Karin. Die Stimme Ursis kam von überall her aus der riesigen Kuppel des Weltalls, das wie ein Zelt gebaut war mit einer irisierenden Öffnung im Zenit, an das sich ein Auge preßte, um mich zu beobachten.

»Lemminkäinen flieht bei Nacht und Nebel, nachdem er sein zerstörtes Boot mit Hilfe einer Zauberformel durch ein neues ersetzt hat.«

Die Musik hörte auf, um sogleich wieder einzusetzen, und wieder begleitete sie die Stimme Ursis: »Der zweite Teil der Suite spielt in Tuonela. So heißt bei uns das Reich der Toten. Der schwarze Tuonelastrom umgibt es wie der Styx den Hades. Ein gewaltiger Wasserfall erfüllt beständig mit seinem Rauschen die Unterwelt. Der Gott des Todes ist Tuoni, seine Frau ist eine grauenhafte bucklige Alte mit strähnigem Haar, eisernen Zähnen und eisenspitzigen Hakenfingern. Auf dem Tuonelastrom zieht ein Schwan singend seine Bahn. Es ist der starke Totenvogel des Totenreiches. Sein Gesang macht den Verstorbenen Mut, gibt ihnen Hoffnung, ins Reich des Lebens zurückzugelangen. Hörst du es? Das Violoncello intoniert den Gesang des Totenvogels, die Violinen sind die toten Seelen, die ihn aufnehmen und immer höher tragen.«

Es war, wie Ursi sagte. Rauschend flatterten kleine

geflügelte Geigen durch die Rauchöffnung davon. Ich legte meinen Kopf in die Armbeuge und wollte schlafen, aber es war noch nicht zu Ende.

»Jetzt kommt der dritte Teil. Lemminkäinen hat seine junge und schöne Frau Kylliki zu Hause zurückgelassen. Gegen ihren Schwur nimmt sie am Tanz der Dorfjugend teil. Lemminkäinen verstößt sie. Er will in den hohen Norden zurück, um sich eine neue Frau aus Saari zu holen. Seine Mutter warnt ihn vor den Gefahren. Er schlägt alle Warnungen in den Wind und stürmt los.«

Ich sah meine Heimatstadt vor mir, meine Mutter in ihrem Lehnstuhl und Ingrid, wie ich sie zum letztenmal berührt hatte. Jetzt fielen mir auch ihre Worte ein. Sie empfände keine besonderen mütterlichen Gefühle für mich. Sie wolle lieber in die Disco, statt immer zu Hause zu sitzen, zu lesen und klassische Musik zu hören. »Ich bin einfach noch nicht reif für dein gepflegtes Altersheim!« hatte sie gesagt. Dann hatte sie mich verlassen, aber hatte ich sie nicht in Wirklichkeit vertrieben?

Ursis Stimme war wieder da. »Lemminkäinen dringt mit Hilfe eines Zaubers in das Haus der Nordlandwirtin ein und verliebt sich in sie. Durch seine Musik verzaubert er alle anwesenden Männer bis auf den halb blinden und boshaften Naßhut, der Rache an ihm schwört. Um die Nordlandwirtin zu bekommen, muß Lemminkäinen den Schwan auf dem Tuonelastrom erlegen. Höre, jetzt kommt die Stelle! Fünfmal stoßen die Hörner ihren Warnruf aus. Doch der Schwan will nicht sterben. Am Ufer aber hat Naßhut dem Helden aufgelauert. Er tötet ihn und wirft ihn in den Fluß. In seinem schwarzen Wasser erwartet ihn Tuoni, der Herrscher der Unterwelt. Er zerhackt den Leichnam mit seinem Schwert. Die Mutter findet den bluttriefenden Kamm Lemminkäinens. Sie sucht den Sohn. Nachdem sie sich vom Schmied Ilmarinen einen eisernen Riesenrechen hat schmieden lassen, fischt sie die Leichenteile des Sohnes aus dem Wasser, fügt sie zusammen und gibt ihm mit Hilfe einer Zauberformel das Leben zurück.«

Während Ursi sprach, sah ich, wie er sein Lappenmesser hob. Es schwebte mit um die Klinge gelegten Fingern über mir. Die Hand war abgetrennt vom Arm. Dann fiel der Arm auf mich nieder, aber das Messer schwebte immer noch in der Luft, blitzend und Funken sprühend. Ein wohliges Brennen begann mich zu wärmen. Ich war wieder zu Hause und lag nackt auf einem Lammfell zu Füßen meiner jungen Mutter und nestelte an ihrem Schuh.

23. Kapitel

Fünf bis sechs Liter Blut enthält der menschliche Körper. Ein bis höchstens zwei Liter darf er davon verlieren. Dann treten kalter Schweiß, hoher Puls, Atemnot und Unruhe auf. Verliert er mehr, tritt schnell der Tod ein.

Als ich zu mir kam, hatte ich Pulsrasen, und ich rang nach Atem. Außerdem zitterte ich vor Kälte.

Ich glaubte vor der roten Villa des Inspektors zu stehen. Ich hörte, wie ich um Hilfe rief. Meine Stimme war schwach und sehr weit weg. Vor meinen Augen war alles rot. Ich mußte mich in einem Anfall von Schwäche mit der Stirn gegen die rot gestrichene Fassade gelehnt haben. Die Farbe roch streng und süßlich.

Mit großer Anstrengung gelang es mir, mich langsam umzudrehen. Da sah ich, daß der Himmel schwarz war, während die Straße einem Graben glich, in dem glutrote Lava floß. Die Schwärze des Himmels sammelte sich in einer Wolke, aus der es zu regnen begann. Ich spürte die Tropfen im Gesicht. Es war ein angenehmes Gefühl, denn der Regen war warm und süß. Noch einmal rief ich Ingrids Namen, aber niemand im Haus rührte sich.

Ich wollte mich schon abwenden und gehen. Doch da merkte ich, daß ich mich nicht bewegen konnte. Ich lag in einem engen Sarg und drohte in meinem eigenen Blut zu ersticken.

Jetzt kam auch der Schmerz. Er war diesmal nicht schlimm, eher wie Hitze, die man gerade noch aushalten konnte, oder große Kälte, die ähnlich brennt.

Es gelang mir, mich aufzusetzen. Ich klapperte mit den Zähnen und hatte offensichtlich Sehstörungen, denn immer wieder wurde mir schwarz vor Augen. Doch dann sah ich das Blut. Mein Hemd war rot und klebte auf meiner Haut fest. Und plötzlich wußte ich, wo ich war. Ich trieb in einem Boot auf dem Inari-See.

Heute ist mir klar, was mich vor dem sicheren Tod durch Verbluten bewahrt hat: eine Messerspitze. Sie war in der Wunde unterhalb des linken Brustmuskels abgebrochen und steckengeblieben.

Das Messer mit der fehlenden Spitze lag im Boot. Man stellte später bei den Ermittlungen am Heft meine Fingerabdrücke fest. Es war also nicht sicher, wer den Stoß geführt hatte: Ursi oder ich selbst.

Während der Tat muß ich in Trance gewesen sein, anästhesiert vom Rauch berauschender Pilze. Auch jetzt noch im Boot war ich nicht voll bei Sinnen. Es war, als sei ich doppelt, gespiegelt von der Grenze zwischen Leben und Tod. Zwei schwarze Boote mit zwei Menschen darin.

Ich hatte Glück. Ein Sturm kam auf und trieb mich in den Sund hinein, an dessen Ende Inari liegt. Ich muß ein interessanter Anblick gewesen sein, mit meinem roten Hemd und den wirren, blutverschmierten Haaren. Am Ufer liefen die Menschen zusammen. Man holte eine Trage und brachte mich ins Hotel. Ein Arzt kam. Ich wurde gewaschen. Die Wunde untersucht. Mit der Pinzette holte er das Metallstückchen heraus und zeigte es mir. »Ihre Lebensversicherung«, sagte er. »Eine Art Stöpsel in der Badewanne.«

Wegen des hohen Blutverlustes bekam ich eine Dauertropfinfusion mit Serum. Es wurde von Rovaniemi, der nächsten größeren Stadt, mit dem Hubschrauber gebracht.

Bald war ich wieder ziemlich munter. Der Polizeiinspektor von Rovaniemi kündigte sich telefonisch bei mir an. Ich sprach mit meiner Behörde in Groningen und erstattete kurz Bericht. Man war nicht sehr erbaut über meine Eskapaden, aber ich setzte mich mit dem Vorschlag durch, die Sache nun mit Hilfe der finnischen und norwegischen Polizei zu Ende zu führen.

Dann rief ich bei meiner Mutter an. Sie meldete sich nicht, obwohl ich es endlos klingeln ließ. Ich hatte ein ungutes Gefühl, denn sie war gewöhnlich immer zu erreichen. Ich rief im Stadtkrankenhaus an. Hier konnte man mir weiterhelfen. Meine Mutter lag auf der Intensivstation. Sie hatte einen Herzinfarkt erlitten. Es sei noch nicht abzusehen, ob sie sich erhole. Aber es bestehe Hoffnung.

»Wie ist es passiert?« fragte ich. »Sie hat sich offenbar bei der Gartenarbeit überanstrengt. Sie hat den Rasen gemäht, und als sie ihn rechen wollte, ist es geschehen.«

»Kein Wunder«, sagte ich. »Bei dem riesigen Eisenrechen.« Ich hatte den Eindruck, daß man mich nicht verstand.

24. Kapitel

Ich erholte mich erstaunlich schnell von den Folgen des hohen Blutverlustes. Aber es schien, daß mit dem alten Blut ein Teil meiner emphatischen Sicht der Dinge und vor allem auch der Landschaft zerronnen war. Ich dachte nüchterner. Die Magie des Nordens hatte nicht mehr die alte Gewalt über mich.

Am Abend traf Kommissar Berglund aus Rovaniemi ein. Ein bedächtiger Mann, der mir vom ersten Augenblick an gefiel. Er hatte eine lange rote Narbe quer über der linken Wange. »Ich weiß, was ein Messerstich bedeutet«, sagte er. »Der physische Schmerz ist weniger groß als der psychische. Bei Knochenverletzungen ist es umgekehrt. Sie haben beides hinter sich. Warum geht es Ihnen so gut?«

Mit diesen Worten begann er sein Verhör. Er saß auf einem hölzernen Hocker an meinem Bett und musterte mich freundlich-kritisch. Ich vergewisserte mich, daß der Hocker nicht von Ursi war.

Das Verhör war ausführlich und streng. Bei meinen Ausführungen über Ursi und sein Musikzelt lächelte er. »Es gibt eine Menge halluzinogener Pilze hier oben, die die Wahrnehmung ins Gigantische steigern. Wahrscheinlich hat der Mann nur ein Transistorradio mit Kassettenrekorder benutzt.«

Ich teilte dem Kommissar auch meine Vermutungen über mögliche Zusammenhänge mit dem Doppelmord von Bidjovagge mit. Er wiegte skeptisch den Kopf. »Ursi ist zu bekannt hier oben. Er war damals übrigens nicht in Norwegen, sondern in dieser Gegend. Das haben wir selbst schon ermittelt.«

»Ein Verdacht?«

»Offiziell nicht. Es war eine Art Privatvergnügen von mir. Ich wollte damals so etwas wie eine kleine Topographie des Fanatismus erstellen. Eine Landkarte, in der die Nadeln fanatischer Köpfe stecken.«

»War der Pastor von Kautokeino auch dabei?«

Er nickte. »Ich habe es wieder aufgegeben. Es gab zu viele Nadeln. Dadurch entstand kein klares Bild.«

»Und was ist Ihre Vermutung in meinem Fall?«

»Zwei Attentate sind auf Sie gemacht worden. Beide ohne tödlichen Ausgang. Folgende Fragen stellen sich: Waren Dilettanten am Werk, hat man Sie nur vertreiben wollen? Oder hatten Sie einfach idiotisches Glück?«

»Ich bin für das idiotische Glück.«

Er lächelte. »Wir sind uns einig. Man hat Sie töten wollen, aber Sie hatten idiotisches Glück. Glück ist immer idiotisch.«

»Aber Ursi hätte mich doch narrensicher beseitigen können. Warum hat er mich schwer verletzt auf den See geschoben?«

»Vergessen Sie nicht die Lust solcher Menschen an Inszenierungen. Bekanntermaßen ein typischer Luxus der Fanatiker. Und vergessen Sie nicht die Pilze. Ursi hat den Rauch auch eingeatmet. Sie können das Ganze im übrigen phantasiert haben. Vielleicht war es ein Angelunfall. Wir haben einige tote Fische im Boot gefunden. Sie waren high und sind mit dem Messer ausgerutscht.«

»Es ist nicht mein Messer. Meins habe ich in Holland gekauft.«

»Ich werde allen Hinweisen nachgehen. Schlafen Sie sich erst einmal aus. Sie hören bald wieder von mir. Es ist wohl sinnvoll, wenn wir zusammenarbeiten.«

Er reichte mir eine feste, trockene Hand. Als er gegangen war, hatte ich das Gefühl, daß das Schlimmste geschafft war.

Ich blieb eine Woche im Bett. Die Wunde heilte vorzüglich. Jeden Tag telefonierte ich mit dem Groninger Stadtkrankenhaus. Auch mit dem Zustand meiner Mutter ging es bergauf. Unsere Genesung verlief parallel.

Dann erhielt ich einen Anruf aus Rovaniemi. Berglund teilte mir mit, daß das Polizeiboot den See abgesucht und nichts Auffälliges gefunden habe. Man suche jetzt Ursi, der wie vom Erdboden verschwunden sei.

Am Tag als ich aufstehen wollte, erhielt ich überraschenden Besuch. Anna und Inga. Sie hatten einen Blumenstrauß und eine Flasche Kognak von Matti Utson dabei und setzten sich wie damals in Alta rechts und links von mir aufs Bett.

»Wie habt ihr herausgefunden, wo ich bin?«

»Das war nicht schwer, Stallo«, sagte Inga.

»Überhaupt nicht schwer«, ergänzte Anna. »Sieh mal.«

Sie reichte mir einen Zeitungsausschnitt. Auch wenn

er in Norwegisch abgefaßt war, verstand ich das meiste. Es war eine farbige Schilderung meiner beiden »Unglücksfälle«, wie es hieß. Der Journalismus hier oben litt augenscheinlich an der Dünnblütigkeit der Ereignisse und stürzte sich mit Verve auf jeden Vorfall. Ursi wurde in dem Artikel mit keinem Wort erwähnt, dafür stand um so mehr darin über das leichtsinnige Verhalten von Touristen, die nicht davor zurückschrecken, giftige Pilze zu essen, und im berauschten Zustand mit scharfen Messern Fische auszunehmen versuchen.

Der Bericht war fast eine halbe Seite lang. Ohne besonderen Grund drehte ich ihn um. Auf der Rückseite war Reklame und ein wesentlich kleinerer Artikel mit der Überschrift »Barnepornos i Alta«.

Bis heute weiß ich nicht, warum ich die beiden Mädchen bat, mir den Artikel zu übersetzen. Sie taten es widerstrebend und unter Gekicher. Kinderpornographie war kein Thema, das ihnen an meinem Bett zu gefallen schien.

In dem Artikel stand, daß in Alta Kinderpornos der schlimmsten Sorte aufgetaucht wären. Der Fund war einem Zufall zu verdanken: ein vom Regen aufgeweichtes Paket. Ein Postbeamter habe es auf seine Transporttauglichkeit untersucht. Dabei sah er sich plötzlich einem Farbfoto gegenüber, auf dem die Vergewaltigung eines höchstens fünfjährigen Mädchens so abgebildet war, daß es sich kaum um eine Montage handeln konnte. Es folgte ein allgemein gehaltener Kommentar über die Sittenlosigkeit der Gesellschaft und das Versprechen, daß die Polizei der Sache nachgehen würde.

Ich sagte den beiden, daß ich aufstehen würde, und schickte sie ins Foyer. Dann rief ich Berglund an. Ich fragte ihn nach dem Fall aus Alta. Er wußte darüber wesentlich mehr als die Zeitung. »Die Hefte mit den Fotos waren getarnt als fromme Schriften. Erbauungsschriften, Gesangbücher. Auf dem Paketschein und den Zollpapieren war eine holländische Adresse angegeben. Der Absender war falsch, ich wollte dich deshalb schon anrufen.«

Ich lächelte und fühlte mich gestärkt von seiner Art zu reden, auch wenn ich den Telefonhörer wegen meines Armes immer noch mit der linken Hand hielt und die Wunde auf dieser Seite dadurch klopfte und spannte.

»Sag mir die Adresse.«

Er nannte sie mir, und ich versprach, mich telefonisch darum zu kümmern.

»Was sind deine Pläne?« fragte Berglund.

»Ich werde noch einmal nach Alta fahren und mich röntgen lassen. Zu dem Arzt, der mich operiert hat, habe ich Vertrauen. Und dann gibt es noch jemand, der etwas für meine Verletzung getan hat.«

»Eine Frau?«

»Eigentlich sind es zwei. Ein Mann und eine Frau. Ich werde sie beide besuchen.«

»Ich vermute, daß du zur Zeit ein Geheimnis aus dem Fall machen willst. Ich hoffe, du informierst mich, wenn diese Phase überwunden ist.«

Ich versprach es ihm und ging dann ins Foyer. Anna und Inga saßen in schwarzen Ledersesseln und tranken

Coca-Cola durch giftgrüne Strohhalme aus Plastik. Ich setzte mich zu ihnen, und sie blickten mich mit großen Augen an. Mir fiel auf, daß sie geschminkt waren. Sie hatten Lidschatten aufgelegt und die Augen mit Eyeliner und Wimperntusche betont. Sie brannten wie schwarze Sonnen.

»Ich möchte euch um einen Gefallen bitten«, sagte ich.

»Wir machen alles für dich, Stallo«, sagte Inga.

»Wirklich alles«, sagte Anna.

»Dann geht zum Anleger und mietet einen Kanadier. Kommt damit an diese Stelle.«

Ich hatte eine Karte aus meiner Jacke geholt und deutete auf eine schmale, bewaldete Halbinsel ungefähr vier Kilometer nordöstlich von Inari. Dann gab ich ihnen Geld und küßte beide nacheinander auf die Stirn. Das Make-up schmeckte ranzig und süß.

25. Kapitel

Im Hotel erzählte ich, daß ich nach Alta müsse. Ich verließ Inari Richtung Norden. Kurz hinter dem Ort fuhr ich meinen Wagen in einen Waldweg, so daß er von der Straße aus nicht mehr zu sehen war. Dann ging ich zur verabredeten Stelle, einem herrlichen Fleckchen Erde, einem Halbmond weißen Strandes, flankiert von rundgeschliffenen Felsen voller Flechten. Es war warm, und ich lag auf dem Sand und fühlte mich wie Robinson, ermattet und zugleich voller Neugier auf das Kommende.

Dann hörte ich das Boot. Anna und Inga handhabten das Stechpaddel professionell. Ich legte mich der Länge nach zwischen sie und navigierte mit Hilfe der Karte und eines Taschenspiegels, den ich immer wieder über den Bootsrand hielt. »Niemand darf merken, daß ich im Boot bin«, sagte ich. »Ihr müßt nach einer Insel Ausschau halten, die wie der Kopf eines Schwimmers aussieht. Wie eine Halbkugel, bewaldet und mit einem kahlen Baum auf dem Gipfel. Es ist ein Kelo.«

Wir waren alle drei in Kinderlaune. Anna und Inga flüsterten und legten in Paddelpausen immer wieder die Hand als Sonnenblende an die Stirn, um die Gegend zu mustern.

»Wißt ihr, was Rotaimo ist?« fragte ich.

Beide nickten. »Das Reich der Toten.«

»Bei den Finnen heißt es Tuonela. Wir fahren auf dem Tuonelastrom und suchen Naßhut. Naßhut ist Ursi.«

Ich schloß die Augen und lauschte dem Plätschern der kleinen Bugwelle. Innerlich sah ich unser Boot, wie es jetzt auch Ursi vom Ufer irgendeiner der Inseln aus sehen würde. Das Boot und sein Spiegelbild auf dem gespannten Trommelfell der Seeoberfläche.

»Da ist sie!« riefen Anna und Inga. Sie deuteten mit den Händen, und ich richtete den Taschenspiegel entsprechend. Da lag sie tatsächlich, die Insel Saari, auf der ich Ursi begegnet war. Der Kelo war nicht zu übersehen, eine weiße Knochenhand mit langen, gekrümmten Fingern.

Wir landeten. Es war kein Rauch zu sehen, und auch mein Gefühl sagte mir, daß die Insel verlassen war. Wir fanden das Zelt. Ich bat die beiden, draußen zu warten. Dann durchsuchte ich das Durcheinander im Zeltinneren. Die Feuerstelle war kalt, und es gab nicht viel von Interesse. Ein Magazin mit Aktfotos, eine Autobatterie. Den Kassettenrekorder hatte Ursi offenbar mitgenommen.

Ich wollte schon aufgeben, als mein Blick noch einmal auf die Feuerstelle fiel. Die Asche war ungewöhnlich weiß, so weiß, wie sie wird, wenn man größere Mengen Papier verbrennt.

Ich bückte mich und fuhr mit den Fingern wie mit einem Rechen durch die Asche. Sie fühlte sich weich und zart an wie etwas Lebendiges. Dann stieß ich auf Härteres. Angekohltes Papier, eng beschrieben, unlesbar bei diesem Dämmerlicht. Vorsichtig legte ich die Fragmente in das Magazin.

Wir fuhren zurück. Diesmal setzte ich mich aufrecht, denn ich war mir sicher, daß Ursi über alle Berge war. Wir landeten wieder in der Sandbucht. Ich zeigte den beiden meinen Fund. Es waren Reste eines Heftes, die Seiten hielten teilweise noch zusammen. Die Schrift war zierlich und gestochen, das meiste unlesbar. Aber als ich zwei der verkohlten Blätter vorsichtig auseinanderzog, kam eine Seite zum Vorschein, die noch nicht überall versengt war. Es war Schwedisch. Meine Freundinnen halfen mir beim Übersetzen.

»...Jahre 1743 wurde zu Uppsala der Holzhändler Henricus

...fand sie beide erstochen, nachdem sie zuvor wegen Holzfrevels mehrfach vor dem Richter hatten erscheinen müssen, jedoch niemals

...die Täter suchte man vergeblich, bis man folgendes schriftliche Zeugnis

...Eigentümliche an der Begebenheit war, daß die Frau des Opfers, wiewohl sie in keinem guten Verhältnis zu ihrem Gatten, diesem jedoch vollkommen ergeben

...Holz, aus dem die beiden Särge gezimmert worden waren, in einem solch außergewöhnlichen Maße Harz abzusondern begannen, daß die...«

Ich bat die Mädchen, das Boot zurückzubringen und nichts von unserer Expedition verlauten zu lassen. »Sehen wir dich wieder, Stallo?« fragte Inga. Ich nickte. »Ihr könnt euch darauf verlassen.« – »Also sehen wir dich wieder«, sagte Anna. Beide winkten, als das Kanu hinter der Landzunge verschwand.

Ich ging zum Auto, holte mein Exemplar der »Nemesis divina« aus dem Gepäck und verglich die Fotos der Handschrift darin mit meinem Fund. Es war offenbar die gleiche Schrift.

Nun hatte ich wieder ein Steinchen eines Puzzlespiels gefunden, dessen Motiv ich nicht verstand. Ein Gefühl der Ruhe überkam mich. Ich lehnte mich im Sitz des Volvos zurück, neben mir die Handschriftfragmente auf dem zerschnittenen Polster. Es war ein Gefühl, als hätte ich einen Knoten im Netz der Nemesis gelöst und als würde es dadurch zum erstenmal einen kleinen Durchschlupf gewähren. Zwar war ich nicht eigentlich weitergekommen, was die Aufklärung des Falles anbelangt, aber das war jetzt nicht mehr eine Frage meines Vermögens, sondern nur noch eine der Zeit. So schien es mir damals wenigstens.

Jedenfalls mußte ich meine Pläne ändern, Alta vorerst zurückstellen und zunächst herausfinden, ob die Handschrift echt oder eine Fälschung war. Es gab nur eine Stelle, wo man mir verläßlich dazu Auskunft geben konnte: die Handschriftenabteilung der Universität Uppsala. Uppsala liegt zwölfhundert Kilometer weiter im Süden, zu weit fürs Auto. Ich mußte leider fliegen. Wer seinen Kopf zwei Meter über dem Boden tragen muß wie ich, ist kein Freund der Höhe.

Ich parkte mein Auto am Flughafen von Ivalo. Eine Maschine der Finnair brachte mich nach Rovaniemi.

Ich hatte mich bei Einar Berglund telefonisch angekündigt, und er empfing mich in seinem Büro. Aber da saß kein mißtrauischer Kommissar hinter seinem Schreibtisch, und es gab auch keine klobigen Holzmöbel. Berglund hatte einen guten Geschmack. Er schien leichtes, italienisches Möbeldesign zu bevorzugen. Wir saßen in tomatenroten, zierlichen Ledersesseln und tranken Espresso, dazu gab es Grappa. Der Raum war geschmückt mit Farbfotos, auf denen man Pinien, Zedern, hellrote Ziegelbauten unter blauem Himmel sah. »Die Toskana«, sagte Berglund. »Ich verbringe jedes Jahr meinen Urlaub dort, um im finnischen Winter nicht verrückt zu werden. Es hilft gegen Depressionen und gegen Fanatismus. Ich glaube, daß beide Gemütskrankheiten eng miteinander zusammenhängen.«

»Du meinst, Fanatiker sind Menschen, die ihre Neigung zur Schwermut durch übertriebenes Engagement für irgendeine Nebensächlichkeit kaschieren?«

»Genauso ist es.«

»Es entspricht auch meinen Beobachtungen. Ich habe eine Weile als Psychologe gearbeitet und viel mit manischen Typen zu tun gehabt. Übrigens war Linné ein fanatischer Sammler von Blumen und von Morden. Und er war schwermütig.«

Ich zeigte Berglund die Handschriftenreste.

»Möglicherweise ist dies ein Dokument der Linnéschen Schwermut, falls die Handschrift echt ist. Oder es ist ein verkapptes Protokoll des Mordes an den van Houtens. Geschrieben kurz vor der Tat. Dann ist es eine Fälschung. Um das herauszufinden, muß ich nach Uppsala. Und zwar so schnell wie möglich.«

Berglund griff zum Telefon. Während er mit der Fluggesellschaft sprach, beobachtete ich ihn. Er kam mir wie ein gut isolierter Mensch vor, der seine innere Wärme durch eine doppelwandige Außenhaut schützte.

»Du kannst morgen früh fliegen. Ich habe dir einen Platz reservieren lassen, heute nacht kannst du bei uns schlafen.« Er hatte bislang seine Frau nicht erwähnt, und er trug auch keinen Ring. Ich war gespannt auf sie. Berglund sah auf die Uhr. »Es ist spät«, sagte er. »Wir können gleich gehen.«

Ich hatte wie üblich kein Zeitgefühl. Die Helligkeit draußen täuschte mich immer noch. Ich war heute vormittag mit meinen beiden Assistentinnen auf dem Inari gewesen und dann am späten Nachmittag hierher geflogen. Auch ich sah auf die Uhr, es war kurz nach zehn.

Einar Berglunds Wohnung lag im obersten Stock eines stattlichen Steinhauses. Wir saßen in Korbstühlen auf der Dachterrasse, angestrahlt von der tiefstehenden Nachtsonne. Es war warm. Eine jener Nächte, die man hier oben »italian nights« zu nennen pflegt. Dieser Ausdruck wurde jetzt verblüffend wirklich: Einars Frau servierte Tomaten mit Mozzarella und Basilikum. Dazu gab es Weißbrot, frische Butter und toskanischen Rotwein.

»Der Käse ist aus Elchmilch«, sagte Einar. »Eine Spezialität aus Italien, aber die Milch ist von hier. Sie wird vermutlich in Eisblöcken runtergeschafft.« Er kaute genießerisch und brach das Brot wie ein glücklicher Heiland.

»Wie viele Laestadianer gibt es eigentlich?« fragte ich.

»Ungefähr 16000 in Norwegen und 25000 in Finnland.«

»Was ist deiner Meinung das Wesen dieser Sekte?«

»Askese. Askese als eine negative Form der Völlerei.« Er schenkte Wein nach. Es war ihm anzusehen, daß er nichts von Laestadius und seinen Jüngern hielt.

Berglunds Frau war Italienerin. Wir unterhielten uns eine Weile in ihrer Muttersprache. Sie war groß und Besitzerin einer wilden Lockenpracht. Ihr Mund war schön geschwungen und ihre Augen so grau, daß man ihnen zutraute, jede Farbe anzunehmen, die sie betrachteten.

»Wie kommen Sie hier zurecht, Frau Berglund?« fragte ich.

»Ich habe gelernt, mit Sehnsucht zu leben. Ein schönes Gefühl, das alles immer wieder neu sein läßt.«

Einar Berglund strahlte. Er wirkte ganz aufgetaut. Vielleicht lag es am Wein, aber ich glaubte bald, noch nie ein so überzeugendes Paar erlebt zu haben.

Um den Rand der Terrasse waren Zwergzypressen dekoriert, wie man sie auf Friedhöfen pflanzt. Hier wuchsen sie in großen Tontöpfen. Dahinter brannte der rote Nachthimmel. Einar erhob sich und legte Musik auf, nicht Sibelius, sondern Musik der italienischen Renaissance.

»Wußtest du, Piet, daß fast alle Komponisten italienischer Musik dieser Zeit aus Belgien und Südholland stammen? Flämische Musiker hatten ein seltsames Privileg an den Fürstenhöfen der Renaissance. Heinrich Isaac zum Beispiel, den du gerade hörst. Sie kamen aus einem Land voller Nebel, und ihre Musik blühte in Italien auf zu wohltönender Lebenslust. Du siehst, eine Verpflanzung kann Wachstum stimulieren.«

»Sie hatten Sehnsucht«, sagte seine Frau. »Sehnsucht nach Flandern, einem Land, in dem sie Sehnsucht nach dem Süden haben würden.«

Ich ließ mir wieder und wieder nachschenken. Der Wein funkelte wie Blut im langstieligen Glas. Wie venöses Blut, um genau zu sein, Blut, das seinen Sauerstoff abgegeben hatte und nun die schädlichen Stoffwechselprodukte abtransportierte. Ich wurde an diesem Abend so zufriedenstellend betrunken wie schon lange nicht mehr.

Einar weckte mich früh. Er sah beunruhigt aus.

»Es ist etwas passiert, Piet. Brygger ist schwer verunglückt.«

»Inspektor Brygger?«

»Er ist vom Dach gefallen. Gestern abend ist es passiert.«

»Ein Unfall?«

»Augenscheinlich, auch wenn es tatsächlich so etwas wie einen Täter gibt: der Selbstgebrannte. Er hat ziemlich viel davon im Blut gehabt.«

Ich lobte innerlich den toskanischen Wein, denn ich hatte kein Kopfweh. »Ist er schwer verletzt?«

»Es sieht nach einer Verletzung des Rückgrats aus. Er ist gelähmt. Auch die Zunge übrigens. Er hatte mehr als vier Promille, jetzt ist er in Alta im Krankenhaus.«

»Einar, ich brauche zwei Hausdurchsuchungen. Für Brygger und Larsen. Kannst du mir helfen?«

»Ich werde es versuchen. Ich habe gute Verbindungen zur Polizei in Alta. Wann bist du zurück?«

»Irgendwann morgen mittag. Ich hoffe, heute noch vorgelassen zu werden. Aber ich muß dann gleich weiter nach Ivalo. Kannst du mir wieder eine Maschine buchen?«

Er brachte mich bis aufs Rollfeld. Es regnete dünn und geräuschlos. Einars Trenchcoat färbte sich an Schultern und Oberarmen dunkel. Ich sah ihn noch auf dem Rollfeld, als wir abhoben. Er winkte tatsächlich.

Dritter Teil

LEMMINKÄINEN ZIEHT HEIMWÄRTS

Der Himmel war rein und warm, der Westwind kühlte mit einem angenehmen Hauch, und vom Westen her begann eine dunkle Farbe den Himmel zu bedecken.

aus: Carl v. Linné, Lappländische Reise

26. Kapitel

Ich saß am Steuer meines Leihwagens und fuhr nach Nordwesten direkt in die tiefstehende Sonne hinein, und ich kam mir dabei vor wie Ikarus, dessen Flügel ihn nicht mehr tragen, weil das Wachs zu schmelzen beginnt.

Deutlich hatte ich das Gefühl, daß meine Heimreise begonnen hatte, obwohl vieles noch unerledigt war und mich eigentlich jede Umdrehung der Räder von meiner Heimatstadt entfernte.

Aber ich hatte die meisten Steine des Puzzles beisammen. Sie mußten nur noch richtig gelegt werden. Das Bildmotiv begann erkennbar zu werden.

Ich beneidete Einar Berglund um seine Beziehung. Er hatte seine Toskana immer bei sich. Beim Umsteigen auf das kleine Flugzeug hatte ich ihn kurz gesprochen und ihm berichtet, daß in Uppsala alles wie erwartet gelaufen war.

Die Handschrift war eine gekonnt gemachte Fälschung. Der Duktus war gut getroffen. Aber das Papier war jüngeren Datums, sein Wasserzeichen war erst nach Linnés Tod aufgekommen. Es war klar, daß der Fälscher auch so sein Ziel erreicht hatte.

Berglund hatte mir mitgeteilt, daß die Hausdurchsuchungen morgen nachmittag stattfinden sollten. Es waren 250 Kilometer bis Kautokeino, aber die Straße war extrem schlecht geworden, nachdem ich von der Hauptstraße nach Alta abgebogen war. Bald hatte ich die Baumgrenze hinter mir und fuhr auf einem unbefestigten Schotterweg, dessen Verlauf nur an hin und wieder auftauchenden Schneestangen zu erkennen war.

Die Landschaft war steinig und flach und narbig wie Krötenhaut. Überall lagen Findlinge herum, als hätten hier Riesen mit Murmeln gespielt.

Plötzlich sah ich, wie der Himmel vor mir schwarz wurde. Als wäre Tinte ausgelaufen, in der die Sonne mit schmutzigbraunen Rändern versank. Dann waren Staubfahnen vor mir, die der Wind schwenkte, und es fing an, dicke Tropfen zu regnen.

Ich hatte hier oben schon mehrfach einen solch plötzlichen Wetterumschwung erlebt. Ein Gott schien Schöpfung zu üben und dabei mutwillige Experimente zu lieben.

Endlich parkte ich vor diesem roten Haus, das mir nun, nach Bryggers Unfall, vollends wie die Büchse der Pandora vorkam. Könnte man das Dach wie einen Dekkel abnehmen, würden alle Übel heraussteigen und die Menschen befallen. Pandora war das erste Weib, schön, klug, hinterlistig, verführerisch, von Hephaistos im Auftrag des Zeus erschaffen, aus Rache an Prometheus, der ihm das Feuer gestohlen hatte. Als Pandora das Gefäß wieder schloß, war aller denkbarer Jammer über die Kinder und Schützlinge des Prometheus, die Menschen, gekommen. Nur die Hoffnung war der Sage nach in der Büchse zurückgeblieben.

Ich zog mir die Schuhe aus und klopfte, aber Pandora

zeigte sich nicht. Ich drückte die Klinke nieder, öffnete und ging durch den Flur ins Wohnzimmer. Niemand war da. Auf dem Tisch stand ein halbvolles Glas, es roch nach Selbstgebranntem. Der Aschenbecher quoll über vor Zigarettenkippen.

Ich fand sie im Keller auf diesem von Ursi gebauten Bett. Sie lag auf dem Rücken und starrte mit weit aufgerissenen Augen zur Decke. Ihre schwarzen Haare umgaben ihr blasses Gesicht wie die Korona einer negativen Sonne. Sie war halb nackt. Auf ihrer linken Brust war eine Wunde. Es sah wie Brandblasen aus.

Sie rührte sich nicht, auch als ich mich neben sie auf den Bettrand setzte. Ich sagte kein Wort, wartete nur darauf, daß sie ihr Schweigen brechen würde. Vorsichtig begann ich über ihr Haar zu streicheln.

Endlich schloß sie die Augen. »Er hat es nicht anders verdient«, flüsterte sie. Sie wandte mir das Gesicht zu und blickte mich voll an. »Er hat mich geschaffen. Über dreißig Jahre ist es her. Er hat mich aus einem Lehmkloß geformt, nach seiner Vorstellung. Ein Kind mit den Eigenschaften einer verdorbenen Hure. Ich habe mich gerächt. Sein Sturz war mein Werk. Ich habe ihn betrunken gemacht.«

»Hat er dich gequält?« Ich berührte sanft ihre Brust.

Sie nickte. »Wie üblich mit der Zigarette. Er kann nicht anders. Er ist nur potent, wenn er jemandem weh tut.«

Mit einem Ruck setzte sie sich auf. »Weißt du, wie alt ich eigentlich bin? Ich bin sieben!«

Sie stand auf und streifte sich einen Pullover über.

»Ob du's glaubst oder nicht. Seit dreißig Jahren bin ich sieben. Seelisch, meine ich. Sieh mal, was ich habe.«

Sie ging zu einer Kommode und zog eine Schublade auf. Dann zerrte sie etwas heraus, was wie ein Bündel Wäsche aussah, und warf es aufs Bett. Es war eine Puppe. Dann folgten noch eine und noch eine, bis es sieben Mädchen waren, die auf dem Bett lagen. Sie lehnte sie gegen die Kissen und zog ihre verrutschten Kleider glatt. »Sind sie nicht schön? Sie haben echte Haare!«

Sieben Kinder saßen da mit großen, starren Augen und blickten uns an. Sie erinnerten mich an Anna und Inga. Ingrid begann mit ihnen zu spielen, ihnen die Kleider auszuziehen, die Haare zu kämmen.

»Ich habe noch mehr. Insgesamt sind es dreißig. Er hat mir jedes Jahr eine geschenkt, dreißig Jahre lang. So lange ist es her.«

»Was ist so lange her?«

»Daß ich zu ihm gekommen bin. Ich war Waise. Meine Eltern sind ermordet worden wie die van Houtens. Tore war mit dem Fall befaßt. Er war damals Polizist in Schweden. Ich habe in seinem Bett geschlafen. Ich war acht, als es passiert ist.«

Wie besinnungslos begann sie plötzlich auf die Puppen einzuschlagen. Die verrenkten Körper purzelten durcheinander.

»Was ist passiert, Ingrid?«

Ich fiel ihr in den Arm, und sie klammerte sich weinend an mich. »Er hat mich gezwungen, mit ihm zu schlafen. Ich habe geblutet, und er hat es fotografiert.

Mit Selbstauslöser. Ich sehe es noch vor mir, das kleine braune Gummibällchen mit dem Schlauch, der zur Kamera führte. Er hat immer wieder draufgedrückt, während er mich mit der anderen Hand auf das Bett gepreßt hat.«

»Warum bist du nicht weggelaufen, warum hast du nichts erzählt?«

»Er hat gesagt, er würde mich umbringen. Ich habe ihm alles geglaubt. Später habe ich mich dran gewöhnt. Irgendwann einmal habe ich sogar gemeint, ihn zu lieben.«

Sie schien sich zu beruhigen. »Komm nach oben«, sagte ich. Ich nahm sie an der Hand, und sie folgte wie ein kleines Kind.

Dann saßen wir im Wohnzimmer und tranken Kaffee.

Es war fast wie bei meinem ersten Besuch. Ingrid berührte mich mit ihrem Fuß. Auf dem leeren Sessel saß ein imaginärer, bulliger Mann, der nicht sprechen konnte. Elvis Presley griff zwischen den Bäumen lautlos in die Saiten.

»Vermißt du einen roten Schuh?«

Sie nahm ihren Fuß weg und sah mich schweigend an. Ihre Lippen wurden schmal. Ich stand auf und ging hinaus, durchstöberte den Schuhschrank und kam mit einem Paar roter Pumps zurück. Auf der einen Sohle stand die Zahl 43, auf der anderen die Zahl 9.

»Warum hast du einen nachmachen lassen. Warum hast du ihn nicht weggeworfen und ein neues Paar gekauft?«

Sie lachte. »Ich gehöre zu den Menschen, die nichts wegwerfen können, außer ihr Leben. Außerdem fand ich es hübsch, daß meine Schuhe nun kein echtes Paar mehr waren.«

»Hast du dich oft mit van Houten in dem Stollen getroffen?«

»Dreimal. Tore wollte es so. Beim dritten Mal war er dabei. Sie haben sich geprügelt, ich bin weggerannt, dabei habe ich den Schuh verloren.«

»Er hat van Houten erpressen wollen?«

»Es hat nicht geklappt. Die Frau war mit den Eskapaden ihres Mannes einverstanden. Sie hat sogar vorgeschlagen, es zu viert zu versuchen.«

»War dein Mann oft da oben?« Ich deutete zur Decke. Ingrid sah mich verständnislos an. Sie wirkte jetzt vollkommen gefaßt.

»Auf dem Dach, meine ich.«

»Jede Woche ein- bis zweimal. Es gab irgendwo undichte Stellen. Er hat manchmal einen Eimer Wasser mitgenommen und ausgegossen, um das Leck zu finden. Dabei ist es ja auch passiert. Der Eimer ist mit ihm heruntergekommen. Beinahe hätte er ihm den Schädel eingeschlagen.«

»Ich möchte es mir ansehen. Wo geht es hinaus?«

»Die Luke oben am Ende vom Treppenhaus. Du mußt sie herunterklappen und die Leiter ausfahren.«

Ich kroch aus dem Ausstieg zum Dach und hielt mich am Schornstein fest. Man hatte einen guten Rundblick über Kautokeino von hier aus. Jetzt erst sah ich richtig, wie trostlos diese Ansammlung von Holzhäusern eigentlich war. Am ansehnlichsten war noch das Haus vom Propst. Ich machte seine obere Fensterreihe über dem First anderer Häuser aus. Die Läden waren geschlossen.

Ich hatte genug gesehen, und meine Vermutung war bestätigt. Ingrid hatte inzwischen nochmals Kaffee gekocht. »Wirst du ihn pflegen?« fragte ich.

»Wenn er nicht ins Gefängnis kommt, werde ich es wohl müssen.«

»Er ist bereits in Haft. Mein Gott, nicht reden können, sich nicht bewegen können. Eine schlimmere Einzelhaft gibt es nicht. Stell dir vor, wenn er einen Schnaps will, ist er von deiner Gnade abhängig. Du wirst viel Zeit haben zur Vergeltung.«

Wir sprachen von Brygger, als sei er bereits festgenommen. Dabei war er vermutlich nur ein sekundärer Faktor im synergetischen System des Verbrechens, das ich untersuchte.

Ingrid wirkte sehr ruhig, wie sie jetzt dasaß. Wieder spürte ich, wie sehr sie mich anzog. Sie war nicht geschminkt. Die ersten Verfallserscheinungen ihres Körpers verstärkten seine Anziehungskraft.

»Würdest du noch einmal mit mir schlafen?« fragte sie unvermittelt.

Ich merkte, wie ich rot wurde.

»Jetzt nicht«, sagte ich. »Es wäre zuviel Rache dabei.«

»Dann tu mir wenigstens einen anderen Gefallen. Spiel mir etwas vor. Du hast doch sicher dein Instrument dabei.«

»Es ist im Auto. Aber ich weiß nicht, ob ich mit meinem kaputten Arm spielen kann.«

»Versuch's. Mir zuliebe. Es wird für lange Zeit das letzte Schöne sein, was ich erlebe.«

Ich ging und holte den schmalen, schwarzen Kasten aus dem Kofferraum. Ich war Besitzer einer schönen Flöte. Einer aus Holz. Die Spielbarkeit ist ein wenig eingeschränkt, verglichen mit Metallflöten, aber der Ton ist lebendiger.

Ich drehte die Teile des Instruments zusammen, lokkerte die Lippen, indem ich sie gegeneinander bewegte, und brachte die Flöte in Position. Dabei fuhr ein heftiger Schmerz durch meinen Arm. Ich merkte, wie verkrampft meine Schulter war und wie sehr mein Ellbogen gegen die Stellung rebellierte.

Doch ich spielte. Ich war aus der Übung, aber offensichtlich erhöhte der Schmerz die Intensität meines Musizierens.

Ich spielte eins meiner Lieblingsstücke: »Syrinx« von Debussy. Syrinx ist die arkadische Nymphe, die von Pan verfolgt wird. Als er sie gepackt hat, fleht sie ihn an, sie in ein Schilfrohr zu verwandeln. Er tut es und schnitzt eine Flöte aus ihr, auf der er spielt. Welch eine Liebesgeschichte! Pan, der Gott des Waldes und der Weiden, der Jäger und Hirten, aber auch der Urheber des Schreckens und der unbekannten Geräusche im Dickicht, also auch ein Gott für den Norden, wie ich finde.

Als ich fertig war mit meinem Vortrag, schien Ingrid zu schlafen. Sie saß da mit geschlossenen Augen und wirkte völlig entspannt. Nur die kleinen roten Flecken am Hals verrieten, daß sie wach war. Eine hysterische Reaktion. Als ich sie anstieß, reagierte sie nicht. Ihr Puls war sehr hoch, ich sah es an einer kleinen Ader an der Schläfe. Ich ging, ohne etwas zu unternehmen. Alles, was ich sonst hätte tun können, wäre verkehrt gewesen.

27. Kapitel

In der Nähe der Kirche sah ich einige Volvos. Sie waren so unauffällig geparkt, daß ich zivile Dienstfahrzeuge in ihnen vermutete. Die Hausdurchsuchungen würden also bald stattfinden. Als ich die Kirche betrat, drehten alle die Köpfe nach mir. Arne Larsen war in voller Fahrt. Entweder war er ein blendender Schauspieler, oder er war ahnungslos. »Ein Fanatiker unterscheidet nicht zwischen Lüge und Wahrheit. Darin liegt seine Stärke«, dachte ich.

Larsen predigte gegen den Alkohol wie ein Betrunkener. Er verfluchte Sucht wie ein Süchtiger. Wieder begannen einige Frauen damit, den Körper zu wiegen und spitze Schreie auszustoßen. Gerade war er dabei, den Unfall Bryggers als gerechte Höllenstrafe für einen notorischen Säufer zu beschwören, als sein Blick auf mich fiel. Irgend etwas mußte in diesem Moment in ihm vorgegangen sein, denn er änderte seinen Tonfall. Er sprach jetzt schneidend, wie einer, der sich nicht mehr hinreißen läßt von seinen Gefühlen, sondern unbedingt meint, was er sagt. Das Verrückte dabei war, daß er auch die Zunge änderte. Er predigte plötzlich Deutsch. Und er konnte davon ausgehen, daß ich der einzige im Raum war, der seine Worte verstand.

»Und ich sah, daß das Lamm eines der sieben Siegel auftat, und ich hörte eine der vier Gestalten sagen wie mit einer Donnerstimme: Komm! Und ich sah, und siehe, ein weißes Pferd kam. Und dem, der darauf saß, ward gegeben, den Frieden zu nehmen von der Erde, und daß sie sich untereinander erwürgten, und ihm ward ein großes Schwert gegeben.«

Ich muß zugeben, daß Larsen ein großartiger Redner war. Man sah alles vor sich, was er sagte. Seine Stimme meißelte förmlich die Bilder aus dem Raum, in den jetzt wieder Ruhe eingekehrt war.

»Und da es das dritte Siegel auftat, hörte ich die dritte Gestalt sagen: Komm! Und ich sah, und siehe ein schwarzes Pferd kam. Und der darauf saß, hatte eine Waage in der Hand. Und ich hörte eine Stimme unter den vier Gestalten sagen: Ein Pfund Weizen um ein Silberstück und drei Pfund Gerste um ein Silberstück; aber Öl und Wein taste nicht an!«

In der Gemeinde begann es erneut zu rumoren. Eine kleine, uralte Person mit weißen, zerzausten Haaren erhob sich und trat in den Mittelgang. Sie hatte ein schwarzes, viel zu weites Kleid an, das ihre Füße verbarg. Sie schwebte zur Tür und verschwand. Dabei bedachte sie mich mit einem haßerfüllten Blick. Es war die Haushälterin des Propstes.

Ich überlegte, ob ich ihr nachgehen sollte, aber ich ließ es bleiben. Larsens Stimme hielt mich in ihrem Bann.

»Und da es das fünfte Siegel auftat, sah ich unten am Altar die Seelen derer, die getötet waren um des Wortes Gottes und ihres Zeugnisses willen. Und sie schrien mit großer Stimme und sprachen: ›Herr, du Heiliger und

Wahrhaftiger, wie lange richtest du nicht, rächest nicht unser Blut an denen, die auf der Erde wohnen?‹«

Er hielt inne, als müsse er Kraft schöpfen. Er löst den Fall auf seine Weise, dachte ich. Wieder hörte ich die Kirchentür. Ein Mann im hellen Trenchcoat erschien: Berglund. Er nickte mir zu und setzte sich in die letzte Reihe.

Larsen hatte sich erholt und fuhr mit eindringlicher Stimme fort: »Und ihnen wurde gegeben einem jeglichen ein weißes Kleid, und ward zu ihnen gesagt, daß sie ruhen müßten noch eine kleine Zeit, bis daß vollends dazu kämen ihre Mitknechte und Brüder, die auch noch sollten getötet werden gleich wie sie.«

Seine Stimme wurde nun von Wort zu Wort lauter, ein angsteinflößendes Crescendo, das von einzelnen schrillen Schreien aus der Gemeinde begleitet wurde.

»Und ich sah: Da es das sechste Siegel auftat, da ward ein großes Erdbeben, und die Sonne ward finster wie ein schwarzer Sack, und der Mond ward wie Blut, und die Sterne des Himmels fielen auf die Erde, gleich wie ein Feigenbaum seine Feigen abwirft, wenn er vom großen Wind bewegt wird. Und der Himmel entwich, wie ein Buch zusammengerollt wird.«

Genauso hatte ich den Himmel hier oft erlebt. Eine treffende Beschreibung der Dramen, die sich am Firmament dieser nördlichen Welt abspielen konnten.

Am liebsten wäre ich jetzt gegangen. Die Situation hatte etwas Widerwärtiges an sich. Da nur ich verstand, wovon die Rede war, wurde ich zu einem Aussätzigen. Ich spürte physisch, wie sich mehr und mehr ein Ring von Ablehnung um mich zu schließen begann. Ich stand auf, aber das machte die Sache noch schlimmer. Blicke trafen mich, als wollten sie mich steinigen.

»... und alle Berge und Inseln wurden bewegt von ihrer Stätte. Und die Könige der Erde und die Großen und die Obersten und die Reichen und die Gewaltigen ...« Larsen schrie es fast »... und alle Knechte und alle Freien verbargen sich in den Klüften und Felsen an den Bergen und sprachen zu den Bergen und Felsen: Fallet über uns und verberget uns vor dem Angesicht dessen, der auf dem Thron sitzt, und vor dem Zorn des Lammes! Denn es ist gekommen der große Tag seines Zornes, und wer kann bestehen?«

Die Vorstellung war zu Ende. Larsen verstummte. Mit starrer Miene schritt er die Kanzeltreppe hinab. Stille breitete sich aus. Dann begann die elektrische Orgel einen Choral zu wimmern.

Die Gemeindemitglieder hatten sich erhoben. Alles schien wieder normal. Doch Larsen ging nicht zum Altar, wie es sich gehört hätte, er kam durch den Mittelgang zu mir. Wie immer in Kirchen saß ich ganz außen. Seit meiner Konfirmation habe ich es so gehalten, wohl um mir eine Fluchtmöglichkeit offenzuhalten.

Der Propst kniete mit gesenktem Haupt vor mir nieder. »Ich bitte um Vergebung«, murmelte er.

Die Unruhe nahm zu. Einige verließen die Bänke und näherten sich uns. Auch Berglund kam. »Ich glaube, er hält dich für das Lamm Gottes«, sagte er.

Ich legte meine Hände mit leichtem Druck auf Larsens Haupt. »Sei gesegnet, mein Sohn«, sagte ich. »Gott ist kein Gott der Rache. Die Nemesis ist eine Erfindung der Menschen.«

Larsen stand auf. Er lächelte mich an. »Kommen Sie«, sagte er mit wohlklingender Stimme. Es war, als habe er einen guten Bekannten getroffen und als lüde er ihn auf eine Tasse Kaffee ein.

Ich bahnte uns einen Weg durch die dichtgedrängt stehenden Neugierigen. Ich wußte, daß er mit mir reden wollte und daß der einzig richtige Ort dafür die Sakristei war. Berglund folgte uns, aber an der Tür hielt ich ihn auf. Es war klar, daß Larsen keinen Zeugen akzeptieren würde.

Die Sakristei war ein kühler Raum, die Wände weiß, einziger Schmuck ein Kruzifix, aus hellem Holz geschnitzt, grob und eindrucksvoll. Eine Arbeit, die an die raffiniert primitiven Schnitzereien der Polynesier erinnerte. Christus glich einem Götzen. Wahrscheinlich war Ursi der Urheber, und das Material entstammte einem Kelo.

Larsen lehnte am Kreuz des einzigen Fensters im Raum. Der schwarze Talar bildete einen extremen Kontrast zur hellen Umgebung.

»Ich möchte niemanden beschuldigen«, sagte er ruhig. »Ich werde auch keine Hinweise geben. Ich möchte einzig und allein für mich sprechen. Ich habe das Geld für Bücher gebraucht. Ich bin der Meinung, daß das geschriebene Wort die einzige Wirklichkeit darstellt, um die es sich lohnt zu leben. Alles andere ist Schatten, ist Reflex, ist Hauch, der vergeht. Ein gequältes Kind ist schnell vergessen. Die Menschen haben in ihrer Geschichte ausreichend bewiesen, daß sie zu keiner Moral fähig sind. Ein kluger Mann hat gesagt, ein einziges gemordetes Kind reicht, um der Menschheit die Daseinsberechtigung zu nehmen. Verstehen Sie, ein einziges reicht! Geschweige denn die zahllosen!«

»Haben Sie mit Brygger Sichtkontakt gehabt? Ich meine, wenn er auf dem Dach seines Hauses war? Ich könnte mir denken, daß Sie beide es lieber vermieden haben, wegen der Ware zu telefonieren.«

Er löste sich vom Fenster und kam auf mich zu. Er kam mir so nahe, daß ich seinen schlechten Mundgeruch wahrnahm, daß ich sein Zittern bemerkte, etwas von dem ungeheuren Innendruck, unter dem dieser Mann stand. »Jedes getötete Kind, Hieronymus, ist ein Dorn in der Krone des Heilands. Du mußt es wissen, gerade du, Hieronymus, der du in deinem Gehäuse sitzt und einen Totenschädel betrachtest, die Feder in der Hand, mit der du eigentlich schreiben möchtest. Aber etwas hindert dich daran. Ich weiß, was es ist, es ist dein eigener Schädel, Hieronymus, und er starrt dich ebenso an wie du ihn. Warum hast du den Dorn aus der Tatze des Löwen gezogen? Warum hast du ihm seinen Schmerz dadurch genommen, so daß er nun friedlich zu deinen Füßen liegt? Das war ein Fehler. Denn ein friedlicher Löwe ist ein satter Löwe, Hieronymus, aber wehe er ist hungrig, dann wird er dich anfallen. Ein verwundeter Löwe aber, ein Löwe mit einem Dorn im Fuß wird dich in Frieden lassen. Doch nun ist es zu spät. Du hast es getan, und du mußt die Folgen auf dich nehmen.«

Er sah mich mitleidig an. Mir dämmerte plötzlich, was geschehen war. Er sah in mir nicht mehr das Lamm Gottes, sondern den Eremiten, den Dürer so oft dargestellt hat, den heiligen Hieronymus, dem wir die Vulgata genannte Übersetzung der Bibel ins Lateinische verdanken, die Grundlage der Lutherschen Bibel und damit die vielleicht bedeutendste Übersetzerleistung der Geschichte. Außerdem war Hieronymus der Gründer eines besonders asketischen Ordens, war also dem Laestadianer Larsen sicherlich wichtig. Vielleicht lag die Verwechslung an meinem Namen, vielleicht an meiner äußeren Ähnlichkeit mit Dürer. Jedenfalls kannte er offenbar auch die weniger bekannte Zeichnung Dürers, die Hieronymus in seiner Klause zeigt, wie er ohne kirchliche Gewänder und ohne den Löwen im Vordergrund einen Schädel betrachtet, der vor ihm auf seinem Schreibpult liegt. Es ist eine meiner Lieblingszeichnungen.

Ich überlegte, ob es einen Sinn hatte, das Verhör fortzusetzen.

Dann machte ich einen letzten Versuch. »War es der Löwe, den du auf dem Dach gesehen hast?«

»Nein, es war die Fledermaus.« Er lachte und machte rudernde Bewegungen mit den Armen, so daß der Talar sich wie Flügel öffnete.

»Du weißt, was auf ihren Flügeln steht?«

»Ich weiß es, Melencolia. Die Melancholie. Es gibt übrigens ein Stück von Sibelius, das genauso heißt.«

»Ursis Lieblingsstück.«

Er wirkte wieder ganz vernünftig, doch ich spürte,

daß ich nur etwas aus ihm herausbekam, wenn ich mich an die Dürergrafiken hielt.

»Arne Larsen, kannst du mir erklären, was der friedlich schlafende Hund neben dem Löwen bedeutet?« Ich spielte auf den späten Kupferstich Dürers »Hieronymus im Gehäuse« an.

»Es ist kein Hund, lieber Freund, es ist eine Hündin. Sie ist uralt und treu. Sie liebt den Löwen, und der Löwe liebt sie. Beide verteidigen sie ihren Herrn, den heiligen Hieronymus. Denn er ist der Mann des geschriebenen Wortes. Die Fledermaus aber sah ich vom Himmel stürzen, mit umgedrehtem Leib, die blinden Augen von der Sonne geschlossen, die Füße in die Luft gekrallt. So fiel sie und zerbrach sich das Kreuz.«

Ich hatte genug gehört. »Arne«, sagte ich und gab ihm die Hand, »ich habe eine letzte Frage an dich. Du entsinnst dich, der heilige Hieronymus hat auf dem Kupferstich den Schädel weit von sich weg auf die Fensterbank gelegt und sich ans Schreiben gemacht. Auf der später entstandenen Zeichnung gelang ihm dies offenbar nicht mehr. Was hat das zu bedeuten?«

»Du entsinnst dich an das Buch, das neben ihm liegt? Es ist die ›Nemesis divina‹. Er hat darin gelesen, und er weiß daher, daß er bald sterben muß. Laß dich segnen, Hieronymus, damit du diesem Augenblick gewappnet entgegengehst.«

Ich kniete nieder, und er legte die Hände auf mein Haupt. Dann murmelte er ein Gebet. Er wirkte ganz ruhig, wie ein Mann, der voller Gelassenheit seinem Beruf nachgeht.

Ich ging und schloß leise die Tür der Sakristei hinter mir. Die Kirche war leer. Draußen vor der Tür standen Berglund und einige Männer in Zivil, in denen ich unschwer Kollegen erkannte; nur Kriminalbeamte in Ausübung ihrer Funktion können so verdächtig unverdächtig aussehen.

»Was ist mit ihm?« fragte Berglund. »Er ist seelisch krank«, sagte ich. »Ihr werdet wohl nicht umhin können, ihn auf seine Schuldfähigkeit prüfen zu lassen. Soweit ich ihn verstehen konnte, sind neben Brygger seine Haushälterin und Ursi beteiligt. Ich würde nach beiden fahnden lassen. Nach dem Löwen genauso wie nach der Hündin.«

Sie sahen mich verständnislos an. Dann sagte Berglund: »Wir lassen sie längst suchen. Aber ich fürchte, sie haben sich nach Osten aus dem Staub gemacht. Ursi kennt wie kein anderer das russische Grenzgebiet. Warum sollte er nicht in sein erstes Kanada zurück?«

»Die Haushälterin war in der Kirche, sie kann noch nicht weit sein. In dieser kahlen Gegend müßtet ihr sie doch leicht ausmachen können.«

»Wir tun, was wir können«, sagte der Kommissar aus Alta. »Aber diese verdammten Lappen verstehen es, sich unter einem handtellergroßen Stein zu verbergen.«

»Östlich von Kautokeino gibt es Krüppelwälder. Wir lassen sie durchkämmen«, sagte ein anderer.

»Meine Kollegen und ich möchten deine Meinung zu dem Fall hören. Kannst du uns nicht eine Audienz geben?«

»Ich brauche noch ein wenig Zeit. Außerdem muß

ich noch einmal nach Alta ins Krankenhaus, um meinen Bruch röntgen zu lassen. Sagen wir, in zwei Tagen auf dem Polizeipräsidium in Alta?«

Berglund sagte: »Es ist nicht immer einfach, mit dir zusammenzuarbeiten. Du bleibst dabei ein bißchen zu sehr im Dunkeln nach unserem Geschmack.«

»Nur wo Dunkelheit ist, kann man auch Licht in eine Sache bringen. Das scheint ihr in eurem nordischen Dauertag manchmal zu vergessen.«

28. Kapitel

Matti Utson stand direkt hinter der angelehnten Tür seines Hauses, als hätte er mich zu einem Showdown erwartet.

»Wir haben dich unterschätzt, Stallo«, sagte er, nachdem er mich in sein Wohnzimmer geführt hatte. Die unvermeidliche Flasche Kognak stand auf dem Holztisch. Wir nahmen in Ursis Möbeln Platz. Es fehlte nur noch der Gesang von Juliette Greco.

»Du bist kein dummer, tölpelhafter Riese, dem die kleinen Samen eins auswischen, indem sie ihn an der Nase herumführen, wie ich zuerst gedacht habe.«

Er zündete eine Kerze an, hielt die Kognakschwenker mit der Öffnung kurz über die Flamme und schenkte fingerbreit ein. In einem Pariser Feinschmekkerlokal konnte die Prozedur kaum eleganter zelebriert werden. Dann legte er sein Gesicht in tausend Falten und sagte: »Du hast eine Menge durcheinandergewirbelt, seit du hier oben bist, Stallo. Unser Pastor ist nicht wiederzuerkennen. Er ist nur noch ein Schatten seiner selbst. Ursi hat sich in Luft aufgelöst, Larsens Haushälterin ebenso. Inspektor Brygger hat die Sprache verloren, seine Frau wirkt wie ein Geist, der seinen Körper vermißt. Ich frage dich also, Stallo, bist du vielleicht in Wirklichkeit der wahre Noiade unter uns?«

Ich beschloß, frontal anzugreifen.

»Ich nehme an, daß du weitaus mehr Rentiere hast, als die staatlich genehmigte Zahl. Ich nehme weiter an, daß Brygger das herausgefunden hat. Ich nehme drittens an, daß er dich erpreßt hat. Rentier für Rentier. Wofür er das Geld gebraucht hat, weiß ich nicht. Vielleicht wollte er eines Tages weg mit seiner Frau, irgendwohin in den Süden, wo es wärmer ist und die Alkoholika besser und billiger sind. Die Hausdurchsuchung, die zur Zeit läuft, wird hierüber hoffentlich mehr Klarheit bringen. Vielleicht findet man neben Pornos auch Prospekte mit blauem Himmel und weißem Sand auf dem Umschlagfoto. Pornographie der Reisebüros.«

Utsons Gesicht war zu einer dunklen, faltigen Maske erstarrt. Er rutschte auf seinem Hocker hin und her. Offenbar war meine Taktik richtig.

»Es handelt sich um Synergetik, Matti. Übrigens ein Lieblingswort Bryggers. Es bezeichnet das Phänomen von Selbstorganisation innerhalb zufälliger Faktoren. Eine Struktur entsteht, die eine Weile stabil sein kann, ehe sie wieder zusammenbricht. Hierbei spielen sogenannte Ordner eine Rolle, die einen Prozeß steuern, der vom Chaos zur Struktur führt. Brygger hat mir einmal gesagt, daß Mord ein solcher Ordner sein kann. Ich glaube, auch Erpressung kann so wirken. Brygger hatte dich und du hattest ihn in der Hand. Es gab zwei Parteien, die jeweils gegen das Gesetz verstießen. Du gegen das Steuergesetz, Brygger gegen das Gesetz, das sich mit der Verbreitung unzüchtiger Schriften befaßt. Beide ward ihr nicht allein. Brygger hatte Larsen und vielleicht noch jemand in Holland und einige Leute in

Alta, denn es galt ein großes Vertriebsnetz zu unterhalten. Du hattest deine Landsleute auf deiner Seite. Nicht zuletzt Ursi und seine Freundin. Wahrscheinlich bist du an die Informationen über die Brygger-Larsen-Firma über Larsens Haushälterin herangekommen. Ist sie eigentlich Samin oder Finnin? Und wie heißt sie übrigens?«

Utson schien seine gute Laune wiedergefunden zu haben. »Ursi nennt sie ›Tuonela‹.«

»Die bucklige, eisenfingrige Frau des Todes! Wie mag sie herausgefunden haben, daß es zwischen Brygger und Larsen diese Verbindung gab? Wahrscheinlich hat sie den Pastor beobachtet, wenn er mit Brygger vom oberen Stockwerk aus kommunizierte. Weißt du etwas darüber?«

»Sie benutzten ein rotes Tuch. Eine Art Signalfahne. Auch Trolle tragen rote Tücher um den Hals.«

»Wie hat Brygger eigentlich den Überhang an Rentieren festgestellt?«

»Er hatte seine Leute bei der Herbstzählung dabei.«

»Und dann geschah die Katastrophe. Das synergetische System geriet ins Wanken. Die van Houtens erschienen auf der Bildfläche. Sie wollten Holz, wertvolles Klangholz aus Kelos, Ursis geliebten Waldfreunden. Für ihn war es glatter Mord, Massenmord, wenn die Pläne des Holländers verwirklicht würden. Brygger hatte die Sache mit Hilfe seiner Frau herausgefunden. Seine Frau ist Nymphomanin. Sie macht sich an van Houten heran, der wahrscheinlich mit seinen Absichten vor ihr geprahlt hat. Nun gerät das Gleichgewicht des

Systems zum erstenmal aus den Fugen. Die Larsen-Brygger-Partei hat plötzlich die Oberhand. Es geht um viel Geld. Ursi ist außer sich. Doch zur Mordwaffe greift er erst, als Larsen von einem Fachmann eine Linnéhandschrift fälschen läßt, in der die Tat als von der Nemesis diktiert erscheint.

Nun haben Brygger-Larsen euch in der Hand. Mord plus Steuerhinterziehung wiegt schwerer als Kinderpornographie. Das System kippt erneut, als ich in Erscheinung trete. Ursi will mich loswerden, aber seine Attacken sind halbherzig, vielleicht da er weiß, daß ich wertvoll werden kann als Waffe gegen Larsen-Brygger. Daß euch auch noch der Selbstgebrannte zur Hilfe kam, war einfach Glück. Nach Bryggers Unfall hatte eure Seite also wieder die Oberhand. Mord, Anstiftung zum Mord, Kinderpornographie, Bücherfetischismus, Holzfrevel, Nymphomanie, Trunksucht, du siehst, es ist eine komplizierte, in sich verfilzte Sache, in die die Justiz wahrscheinlich nur durch Kahlschläge Licht bringen kann.«

Ich lehnte mich zurück, nicht zufrieden, denn mir war nicht wohl. Ich sympathisierte innerlich mit den Samen, deren Volksseele immer noch tagtäglich gemordet wird. Geld, Christentum, Zivilisation, Alkohol, Fernsehen, Perversion der Sexualität waren schlimmere Täter als der Wahnsinn eines verirrten Schweizers und einer ihm hörigen alten Frau.

Utson beobachtete mich genau. Er wirkte deutlich zufriedener als ich. »Wir werden sehen, was der Prozeß bringt. Steuerhinterziehung wird man mir nicht nachweisen können. Bis es soweit ist, ist die Herde geschlachtet. Das Fleisch geht manchmal dunkle Wege, Stallo. Ich meine das Rentierfleisch. Einiges davon taucht vielleicht in Borneo als Affenfleischwurst wieder auf. Brygger ist nicht vernehmungsfähig, Larsen ist wahnsinnig, Ursi und Tuonela sind verschwunden. Ich sehe dem Ganzen mit Ruhe entgegen. Sollte ich für eine Weile ins Gefängnis müssen, werde ich hoffentlich meinen Rekorder mit den Chansons mitnehmen dürfen.«

»Noch eine Frage, Matti, wieso war sich die Polizei eigentlich so sicher, daß Ursi als Täter des Zeltmordes nicht in Frage kam? Angeblich hat man ihn zur Tatzeit am Inari gesehen!«

»Ich will es dir verraten, weil ich davon ausgehe, daß du dafür sorgen wirst, daß ich die Kassetten und die Anlage mitnehmen darf. Ursi ist ein geschickter Mann. Er hat eine Holzpuppe mit seinem Aussehen gebaut, ihr seine Kleider angezogen, sie mit einer Angelrute in ein Boot gesetzt und zwei Tage und Nächte auf dem See angeln lassen. Ursi ist schlau. Bei ihm hätte Stallo keine Chance gehabt.«

Utson schenkte nach und zwinkerte mir zu. Dann fuhr er fort: »Ich will dir eine Geschichte erzählen. Eine sehr alte Geschichte. Dann wirst du wissen, woher Ursi seine Idee mit dem Holzmann hat. Die Geschichte handelt von Stallo und zwei Samenmädchen. Stallo war Junggeselle. Er kam von weither und schmeichelte sich bei den Samen ein. Er fing an, sich in einer Sippe aufzuhalten, die ungewöhnlich reich war. Der Großvater und Oberste dieser Sida hatte zwei Enkelinnen. Stallo warb um sie, und auch die Mädchen fingen an, an Stallo Gefallen zu finden. Die Familie der Mädchen war sehr dagegen. Aber sie wußten nicht, wie man die Mädchen von Stallo fortbringen sollte.

Der Großvater aber ersann ein Mittel. Er wartete, bis Stallo ausgehen wollte, um wilde Bären zu fangen, so wie es ihre Sitte war. Da machten die Samen alles zum Weiterziehen bereit. Und ehe sie von dannen zogen, sagte der Großvater zu Stallo: ›Ich ziehe weiter, aber ich hinterlasse die Mädchen und die Schlachtrentiere für dich.‹ Und als er weiterzog, band er die Rentiere für seinen Schwiegersohn an, und die Kleider der Mädchen zog er über zwei trockene Baumstümpfe und ordnete alles sorgfältig und brachte Zweige darunter an, unter dem Schnee. Als Stallo später vorüberging, trat er auf diese Zweige und meinte, daß die Mädchen lebendig seien, weil die Zweige, die unter dem Schnee verborgen waren, die losen Baumstämme bewegten. Und als er das Essen fertig hatte, da rief er seine beiden Bräute zum Essen herein. Aber als sie nicht kamen, sagte er: ›Kommt, wenn ihr wollt, dann esse ich eben allein.‹ Inzwischen hatte die Sida, als sie weiterzog, viele Löcher in das Eis auf den Wegen gehauen, und sie überdeckten das, wie sie es früher zu machen pflegten, wenn sie Verfolgung fürchteten. Und als Stallo schlafen wollte, da rief er wieder nach seinen Bräuten: ›Kommt und schlaft mit mir!‹ Sie hatten früher schon oft miteinander geschlafen. Und als die beiden Mädchen nicht zu ihm kamen, lief er hin und packte sie und trug sie an seine Seite, und er fing an, in der Brustöffnung ihrer Pelze herumzutasten, und wer weiß, wo er noch hintastete, als er merkte, daß es nur eingekleidete Birkenstümpfe waren. Und da wurde er böse, wie die Stallos rasend werden können, wenn sie böse sind. Sie wissen dann nicht, was sie zuerst anfangen sollen. Und dieser Stallo wußte auch nicht, daß er sich erst hätte ankleiden sollen und dann losziehen, um die Sida zu verfolgen; aber er war von derselben Art wie die anderen Stallos. Er lief nackt den Weg entlang, und weil da viele Löcher gehauen waren, so lief er in der Dunkelheit in ein Loch, und er kam das erstemal wieder heraus, und lief und fiel in das nächste Loch und kam wieder heraus und lief noch schneller und fiel wieder hinein. Und nun war er halb erfroren und konnte nicht herauskommen, und dann erfror er ganz. Und die Sida ging hin, um zu sehen, wie es gegangen war, und die Mädchen gingen auch mit, um zu sehen. Da fanden sie ihn, wie er erfroren war, und das arme Geschlechtsteil war vorstehend erfroren, und das mochten die beiden Bräute doch nicht, und als sie sahen, daß ihr Bräutigam erfroren war, da sagten sie: ›Voi, voi, wie das arme Ding erfroren ist.‹ Und sie weinten fast. Denn sie hatten angefangen, Gefallen an Stallo zu finden, und sie hätten ihn geheiratet, wenn es ihnen geglückt wäre. Aber der Großvater schied seine Enkelinnen von Stallo auf die Weise, daß er ihn so verstümmelte, wie ich erzählt habe.«

Matti Utson schwieg. Er begann sich ein Pfeifchen zu stopfen und unsere Gläser wieder vollzuschenken. Mir war gar nicht wohl. Ich hatte ein deutliches Gefühl von Kälte zwischen den Beinen.

»Wo sind Anna und Inga jetzt?«

»Ich habe sie nach Arnöy geschickt, die Insel, wo das Ren auf der Sommerweide steht. Sie sollen Dorsche fangen und trocknen wie in den alten Zeiten.« Er grinste und legte noch mehr Falten in sein Gesicht.

Ich stand auf und gab Matti Utson die Hand. »Du bist doch ein guter Noiade«, sagte ich. »Du wolltest mir mit deiner Geschichte nicht nur Ursis Trick verraten! Grüße deine Enkelinnen von mir. Ich verspreche dir, daß ich auf keinen Fall zu einer Jahreszeit wiederkommen werde, in der das Thermometer unter null Grad sinkt.«

29. Kapitel

Ich hatte diese Gegend und einige Menschen hier ohne Zweifel liebgewonnen. Als ich jetzt im grellen Abendlicht im langen Schatten eines roten Hauses stand, fühlte ich mich fremd und verloren. Vor der Tür standen Stiefel, schwarze, dick eingefettete Polizistenstiefel. Ein Uniformierter öffnete auf mein Klopfen. Von ihm erfuhr ich, daß die Hausdurchsuchung erfolgreich gewesen war und daß man Ingrid abgeholt hatte. Was man gefunden hatte, wollte der Beamte mir nicht sagen. Er sagte mir nur noch, daß Berglund mit den anderen von der Mordkommission nach Alta gefahren sei.

Ich ließ mir die Nummer der Dienststelle in Alta geben. Berglund war schon im Hotel, aber man wußte seine dortige Telefonnummer. Endlich hatte ich ihn in der Leitung. »Ihr müßt noch eine weitere Hausdurchsuchung machen. So schnell wie möglich.«

»Was ist los mit dir«, sagte Berglund, »du klingst, als ob dir etwas über die Leber gelaufen wäre.«

»Utson hat es verstanden, mich an einer bestimmten Stelle zu verunsichern. Ich erzähle dir morgen davon.« Dann nannte ich ihm die Hausnummer des Hauses, in dem der Wunderheiler Turi wohnte. »Durchsucht den Bibelladen und Turis Wohnung«, sagte ich. »Dann habt ihr möglicherweise das letzte Glied in der Kette.«

Ich legte auf. Jetzt erst merkte ich, wie müde ich eigentlich war. Ich fragte den Polizisten, ob ich mich hinlegen könnte. »Sie können ruhig das Bett der Bryggers benutzen. Wir haben alles untersucht. Es ist frisch bezogen. Sie können keine Spuren mehr vernichten.«

So kam es, daß ich in Ingrids Streckbett eine seltsame Nacht verbrachte, in der ich in wilden Träumen in Eislöcher fiel und einmal mit gefrorenem Penis gegen einen Kelo rannte, wobei alles zersplitterte.

Am nächsten Morgen schüttete es vom Himmel, wie ich es noch nie hier oben erlebt hatte. Die Straßen waren Schlammbäche. Durch die im Schnellgang arbeitenden Wischerblätter sah ich die roten und weißen Holzfassaden der Häuser mit im Regenwasser mäandernden Konturen. Dann war ich auf der Straße nach Bidjovagge. Auf der Hochebene ließ der Regen nach. Die Seen waren Bottiche voller dampfenden Höllengebräus, und der Himmel drückte wie ein riesiges nasses Bettzeug auf die Erde.

Am Rand der Pinge stellte ich den Volvo ab, öffnete den Kofferraum und holte meine Dienstwaffe samt Holster aus einer verschließbaren Tasche. Ich schnallte sie um, wie immer sehr ungern, denn ich hatte jedesmal das Gefühl, auf einen Maskenball zu gehen. Ich steckte auch die Flöte und die Taschenlampe ein. Dann stieg ich in die Pinge hinab und drang in den mittleren Stollen ein. Als ich an die Verzweigung kam, blieb ich eine Weile stehen und lauschte. Da war es wieder, dieses Stöhnen, dessen Ursache ich inzwischen kannte. Die Stimmen des vom Druck des Berges gequälten Holzes.

Ich leuchtete mit der Taschenlampe in alle drei Stollen hinein. Der dünne Strahl verlor sich in der fast gegenständlichen Schwärze stickiger Grubenluft. Ich mußte mich entscheiden. Dies war ein eigenmächtiger Eingriff in die Synergetik der Ereignisse, aber ich hoffte auf mein Glück.

Ich wählte den linken Stollen; er war stärker abwärtsgeneigt als der mittlere. Ein paarmal rutschte ich aus. Dann wurde er endlich flacher und war auch besser ausgebaut, so daß ich fast aufrecht gehen konnte. Immer wieder blieb ich stehen und lauschte. Einmal glaubte ich ein menschliches Stöhnen zu hören, das sich in das der Balken mischte. Ich konnte mich täuschen, denn auch das Holz hatte eine menschliche Stimme.

Dann drehte ich die Flötenteile zusammen und begann zu spielen. Ich brauchte mir kein Thema zu überlegen. Die Melodie kam wie von selbst. Zuletzt hatte ich sie in Ursis Kote gehört, der Gesang des Schwans auf dem Tuonelastrom. Im Original spielt ihn das Cello. Ich fand, daß er mit Flöte noch eindringlicher klang.

Etwas blitzte im Dunkeln auf. Ein Geldstück, eine Finnmark. Ich fand immer mehr davon. Bald lagen sie überall verstreut und klirrten unter meinen Füßen. Immer wieder hielt ich an und spielte das Motiv des Totenvogels. Sein Echo vervielfältigte sich in den Gängen. Manchmal klang es wie ein Kanon, der von hundert Flöten gespielt wurde.

Ich gelangte in einen Kuppelsaal. Der Strahl meiner Lampe geisterte herum wie ein dünner Finger. Mir war nicht geheuer, und ich zog die Waffe aus dem Halfter.

Der Lichtstrahl gefror auf einem Gegenstand, der wie ein Kleiderberg aussah. Bündel von Stoff, die jemand für eine Altkleidersammlung zusammengeschnürt hat. Ich trat näher und berührte die Fetzen, zog an ihnen. Da rollte etwas zur Seite. Zwei Augen blitzten auf.

Als ich mich von meinem Schreck erholt hatte, untersuchte ich meinen grauenvollen Fund: zwei Leichen, die Glieder ineinander verschlungen, starr und steif, so daß ich sie nicht trennen konnte. Ich sah das getrocknete Blut und die Hefte der beiden Dolche. Sie mußten sich gegenseitig erstochen haben. Der Tod hatte sie noch ähnlicher gemacht, als sie im Leben schon gewesen waren. Kleine starre Rattenaugen, Krötenhaut, wirre lange Haare. Dennoch waren sie nicht eigentlich häßlich. Sie waren nun wirklich vereint. Die Symbiose war vollkommen, Täter und Opfer waren nicht zu unterscheiden. So trieben sie auf dem Tuonelastrom.

Ich machte, daß ich davonkam. Ich jagte über die Straße, wie es die Einheimischen tun. Am Ausgang von Kautokeino sah ich Knut, den jungen Arbeiter, der mich damals nach der Kirche zu meinem Auto gefahren hatte. Er band eine Pflanze fest, die der Regen geknickt hatte. Ich bremste scharf und kurbelte die Scheibe herunter. »Das mit dem Rentierblut auf meinem Sitz war eine völlig überflüssige Sache. Wer von deinen Freunden es auch immer getan hat, richte ihm aus, er solle das Geld, das er von Brygger dafür bekommen hat, Greenpeace spenden.« Ich gab Gas, ohne seine Reaktion abzuwarten. Erst als ich in Alta war, hatten mein Zorn und die in ihn verwobene Trauer sich gelegt.

Ich fuhr direkt zum Krankenhaus und bat um einen Termin beim Chefarzt. Er hatte mich operiert und wußte wohl am besten Bescheid. Ich wurde zum Röntgen geschickt und stand dann vor einem kleinen Mann im weißen Kittel. Zum erstenmal sah ich ihn ohne Schmerzen und ohne mit Beruhigungsmitteln vollgepumpt zu sein. Zweifellos gehörte er der samischen Bevölkerung an. Erstaunlich, daß er es so weit gebracht hatte; vielleicht lag es an der gebündelten Energie, die er ausstrahlte.

Er gab mir die Hand und schüttelte sie kräftig. Ich verzog leicht das Gesicht, gab aber keinen Laut von mir. »Es geht ja schon erstaunlich gut«, sagte er. »Machen Sie mal den Arm frei.«

Er holte ein Diktiergerät aus der Tasche und sprach seine Diagnose hinein. »Nachlassende Radialeslähmung. Narbe gut verheilt. Leichte Reizung der Haut, wahrscheinlich durch unsachgemäße Nachbehandlung.« Er sah mich an. »Sie waren bei Turi?« Ich nickte schuldbewußt. »Er ist eine Schande für unser Volk. Auch wenn er manchmal Erfolge hat. Strecken Sie mal den Arm. Und jetzt beugen.« Er holte ein Gerät aus der Tasche, mit dem er den Winkel der Armbeweglichkeit maß. Dann diktierte er: »Hundert Grad passiv.« Er packte meinen Arm und drückte ihn weiter. Ich schrie auf. »Hundertzehn Grad aktiv«, sprach er ins Mikrophon.

Er blickte auf die Uhr. Ich war entlassen. »Kann ich noch einmal therapiert werden, ehe ich nach Hause fahre?« Er schrieb etwas auf und gab mir das Rezept.

»Noch eine Frage. Wie geht es Brygger?«

»Schlecht.«

»Wird er wieder gesund?«

»Kaum anzunehmen.«

»Wird er wieder sprechen können?«

»In ein paar Monaten vielleicht. Aber dann nur lallend, wie ein Betrunkener. Was das anbelangt, braucht er nie mehr Selbstgebrannten.«

Ich ging ins Bewegungsbad und machte meine Übungen im körperwarmen, gechlorten Fruchtwasser zwischen Hängebäuchen und Teiggesichtern, ich ging in die Ergotherapie und knetete eine halbe Stunde mit grüner Silikonmasse, um meine Finger- und Unterarmmuskulatur zu stärken, ich ließ mir Stromstöße zur Reaktivierung der Nervenleitungen verpassen. Meine Krankengymnastin hatte erst am Nachmittag für mich Zeit. Es war ein langer Abschied.

Dann lief ich durch diese deprimierend sauberen Krankenhausflure, in denen es nach Essen und Desinfektionsmitteln roch. Ich zeigte der Stationsschwester meinen Ausweis und versicherte ihr, daß ich nur einen kurzen Blick auf den Patienten Brygger werfen wollte. Sie brachte mich zu seinem Zimmer. Man hatte es nicht für nötig gehalten, einen Polizisten davor zu postieren.

Ich erschrak, als ich ihn sah. Man hatte seinen Kopf in einen dieser Chromkäfige gesperrt. Er konnte ihn nicht drehen, obwohl er mich hörte, denn auf meine Begrüßung hin sah ich, daß seine Mimik sich veränderte, auf der einen Seite des Gesichts, die nicht gelähmt war. Sie drückte Haß und Abscheu aus.

Ich schob mich in sein Gesichtsfeld. Genau vor ihm baute ich mich auf und zog einen Flachmann aus der Tasche, nahm einen Schluck und beobachtete ihn dabei. Rache konnte wohl nicht kindischer sein.

Seine Lippen flatterten, Schweiß trat auf seine Stirn. Ich näherte mein Ohr seinem Mund. Ich roch ihn, spürte die ganze verstümmelte Körperlichkeit dieses massigen Leibes. Dann hörte ich einen Laut. Es klang wie »Piet« oder wie »pig«. Wahrscheinlicher war, daß er versuchte, mich auf englisch zu beschimpfen.

Ganz langsam zog ich mich wieder seitlich aus dem Bereich zurück, den er mit seinen unruhigen wassergrauen Augen überblicken konnte. Ich dachte an Ingrid dabei, an ihr von Brygger zerstörtes Leben.

Dann fuhr ich in die Stadt, um mich mit Berglund zu treffen. Die Cafeteria war an Lustfeindlichkeit nicht zu übertreffen, sozusagen die Antitoskana. Wir tranken Kaffee und aßen labbrige Sandwiches mit braunem süßem Käse und anämischen Tomatenscheiben.

»Du hast uns sehr geholfen, Piet«, sagte Berglund. Wie anders klang mein Name, wenn er ihn aussprach. »Die Maschen des Netzes reichen bis Finnland, deshalb bin ich immer noch hier. Das Material ist erschreckend. Es gibt zum Beispiel einen Menschen, der per Zeitungsannonce Kinder für ein Zeltlager in den abgelegenen finnischen Wäldern gesammelt hat. Ganz offiziell von den Eltern unterstützt. Dort sind dann Aufnahmen gemacht worden.«

»Die Hausdurchsuchungen haben sich also gelohnt.«

»Und wie! Bei Brygger haben wir hinter der Verschalung seiner Sauna Dias und Filme der schlimmsten Sorte gefunden. Unter anderem kleine Mädchen und Schäferhunde, wenn dir das etwas sagt. Bei Arne Larsen fanden wir eine in bester Kalligraphie geschriebene Liste von Kunden und Opfern, fein säuberlich getrennt wie gut und böse. Sie steckte in seinem Schreibpult. Er hat sich nicht einmal die Mühe gemacht, ein besseres Versteck zu suchen.«

»Wo ist Larsen jetzt?«

»In der Psychiatrie. Er wird getestet, aber jeder weiß, daß er verrückt ist. Er wird nie vor einem Gericht erscheinen, höchstens vor dem, von dem er so gerne gepredigt hat.«

»Und Turi und die Erbauungsbuchhandlung?«

»Dein heißester Tip. Scheint die Zentrale zu sein, das Versandlager. Sie haben ihre Sachen offenbar weltweit verschickt, vor allem nach Holland und Deutschland. Wir fanden Karteien und hohle Bibeln in verschiedenen Sprachen, in die exakt eine Videokassette paßt. Die Inhaber waren ausgeflogen, genauso wie Turi, der Wunderheiler. Gegen ihn läuft übrigens ein Verfahren wegen Körperverletzung. Er muß bei einem seiner Patienten zuviel Feuerchen gemacht haben. Offensichtlich hat Bryggers Unfall die Bande aufgeschreckt. Sie haben sich nicht einmal die Zeit genommen, das Material zu vernichten. Und was hast du inzwischen getrieben?«

»Ich habe in einer Grabkammer zwei Leichen gefunden, die eigentlich eine ist. Eine Doppelleiche sozusagen, Ursi und Tuonela, Larsens Haushälterin. Sie haben im Linnéschen Sinne Ernst gemacht mit der These, daß die Mörder häufig auf die gleiche Art zu Tode kommen wie ihre Opfer.«

»Hast du Lust auf einen Grappa?«

»Hier, in diesem Lokal, das einen Italiener durch bloßes Betreten umbringen würde?«

»Zwei Wasser!« rief Berglund. Die Kellnerin brachte zwei Gläser und servierte sie, als handele es sich um Sekt. Berglund gab ihr ein obszön hohes Trinkgeld. Dann stand er auf und goß den Inhalt beider Gläser auf zwei Topfpflanzen, die so aussahen, als wollten sie die Baumgrenze mit Gewalt weiter nach Norden verlegen.

»Es lebe das Land der Flachmänner«, sagte mein Freund und holte einen Flachmann aus seiner Hosentasche, aus dem er eine klare Flüssigkeit in die Gläser einschenkte, die sich als bester, alter, körperwarmer Grappa erwies. Die Kellnerin quittierte die Aktion mit einem gequälten Lächeln.

Ich erzählte, wie ich Ursi und Tuonela gefunden hatte.

»Wir brauchen deinen schriftlichen Bericht«, sagte Berglund.

»Ich fahre heute abend noch. Ich werde ihn von Groningen aus schicken, wenn ich den letzten Knoten im Netz der Nemesis durchschlagen habe.«

»Ich glaube, dann wirst du nie einen Bericht schikken, das Netz ist unendlich«, sagte Berglund und nahm plötzlich meine Hand in seine. Zwischen Männern eine wahrhaft seltene Geste der Zuneigung.

30. Kapitel

Ich saß in der Eingangshalle des Flughafens von Alta, trank einen nach Aluminium schmeckenden Cappuccino aus dem Automaten und versuchte, mir klar darüber zu werden, warum ich den Termin mit Karin hatte platzen lassen.

Dann saß ich im Flugzeug und sah dieses schöne Land aus einer Perspektive, die ich sonst nur der Nemesis zugetraut hatte. Es kam einer Entzauberung gleich, über Lappland zu fliegen. Alles was von unten aus die Dimensionen von Leidenschaft und Poesie gehabt hatte, war nun zum Muster einer Landkarte geworden.

Es war ein Schock, wieder zu Hause zu sein. Ich rief nicht an, weder bei meiner Mutter noch bei meiner Dienststelle. Ich wollte, solange es möglich war, inkognito bleiben, am liebsten für den Rest meines Lebens. In meiner Wohnung roch es muffig. Die tränenden Herzen waren vertrocknet.

Ich schob mein Fahrrad hinaus und fuhr durch einen sanften Sommerregen, der in der Abenddämmerung der Welt einen bläulichen Glanz verlieh. Dann stand ich vor dem mit Dornen bewaffneten Eisentor.

Ich klingelte. Nichts geschah. Ich drückte noch einmal auf den Knopf, diesmal sehr lange. Endlich schnarrte es, und das Tor gab nach. Ich überquerte die Brücke und öffnete die Haustür, die nur angelehnt war.

Im Flur brannte Licht. Wouwer war nicht zu sehen. Erst in der Bibliothek fand ich ihn. Er saß auf einem von Ursis Stühlen und blätterte in einem Buch.

»Hast du Erfolg gehabt auf den Spuren der Nemesis?« fragte er.

Ich brüllte ihn an: »Ich kann dieses Wort nicht mehr hören. All diese Begriffe wie Schicksal, Vorbestimmung, Kismet, Synergetik, Nemesis, die doch nur Alibifunktion haben für Menschen, die ihre Feigheit nicht akzeptieren. Ich habe einfach Glück gehabt im Dschungel der Zufälle, zum Beispiel, als ich zweimal den richtigen der drei Stolleneingänge wählte.«

»Ich möchte mit dir nicht diskutieren, Hieronymus. Du bist mir zu naiv. Du gehörst zu den lächerlichen Figuren dieser Welt, die keine Fragen stellen aus Angst, die Antwort könnte unbequem für sie sein.«

Ich spürte, wie aggressiv ich war. »Deine Bücher«, brüllte ich. »Man müßte sie dir um die Ohren schlagen.« Ich riß einen der dicken ledergebundenen Folianten aus dem Regal und schleuderte ihn auf den Boden. Er klaffte mit der Titelseite auf. »Carsten Niebuhr, Reise in den glücklichen Jemen«, las ich. »Der hat bestimmt fünftausend Gulden gekostet.« – »Sechstausend«, sagte Wouwer. Ich riß weitere Bücher heraus. »Du wirst deine ganze Bibliothek verkaufen und das Geld den Opfern zur Verfügung stellen!« schrie ich. Ich war außer mir. »Welchen Opfern?« fragte er. »Der Begriff des Opfers ist fragwürdig. Es gibt kein Opfer, das nicht zugleich Täter ist.«

Ich wäre vielleicht wirklich auf ihn losgegangen,

hätte ich in diesem Augenblick nicht die zweite Reihe von Buchrücken entdeckt, die in der von mir gewaltsam geschaffenen Lücke der Bücherwand sichtbar geworden waren. Grüne, unscheinbare Pappbände, die auf den breiten Regalen hinter den teuren Erstausgaben standen. Ich zog ein paar davon heraus. »Sangbok« stand auf einem. Ein kurzes Blättern reichte. Wie im Daumenkino zuckten Kinderkörper und Geschlechtsorgane vorbei.

»Bist du nur ein Kunde oder ein Mitarbeiter?« fragte ich ruhig.

»Ich habe ein paar Schriften gekauft und ein paar Stühle.«

»Und das da? Ist das vielleicht dein Werk?«

Ich zog eine Plastiktüte mit der halbverkohlten Handschrift aus meiner Umhängetasche und reichte sie ihm.

Wouwer holte eine Lupe. Behutsam zog er die Blätter heraus, legte sie auf einen Tisch und begann sie im Licht einer Halogenlampe zu untersuchen. Eine Weile war es still im Raum. Dann hob er den Kopf und sah mich an. Die Enttäuschung, die sich in seinen Zügen malte, war echt.

»Es ist eine dilettantische Arbeit«, sagte er. »Das Wasserzeichen stimmt nicht. Aber schwerer wiegt noch die T-Durchstreichung. Linné hat diesen T-Strich nur in seiner Jugend verwendet. Ich würde niemals solche Fehler machen.«

Mir war plötzlich übel. Ich fühlte meine Ohnmacht diesem Mann gegenüber, den sein Wahnsinn vor Niederlagen schützte. Ich erhob mich und versuchte Wouwer kalt anzusehen.

»Henrik«, sagte ich. »Du bist ein Schwein. Und außerdem verstehst du nichts vom Norden.«

Er zeigte seine Zähne. Es war wohl ein Lachen. Mit übereinandergeschlagenen Beinen saß er da und schien sich wohl zu fühlen.

»Weißt du, was Joiken ist?« Meine Stimme zitterte.

Er wollte zu einer Erklärung ansetzen, aber ich fiel ihm ins Wort.

»Joiken ist kein Erzählen, ist auch kein Gesang. Es ist beides zusammen, und es ist dadurch viel mehr. Es ist die Sprache der Seele. Weißt du, was ich glaube? Es wird nicht nur in Lappland gejoikt. Jeder Poet joikt auf seine Weise, und jedes Kind, das noch nicht zerstört worden ist von den Erwachsenen. Hast du mal kleine Kinder singen hören, die sich unbeobachtet fühlen? Sie singen nicht schön. Es ist eher eine Art von Lallen. Sie joiken, Henrik. Ihr Joiken ist eine geheime Botschaft ihrer Seele, die wir Älteren nicht mehr verstehen.«

Ich ging. Mein Abgang sollte überlegen wirken, aber ich glaube, es war in Wirklichkeit eine Art Eingeständnis, daß ich mit der Lösung des Falles nur unzureichend einverstanden war.

31. Kapitel

Es war alles getan, was es zu tun gab. Nun kam der Kater. Die Übelkeit, die mich in Wouwers Haus befallen hatte, ließ nicht nach. Geschehenes Unrecht wird bekanntlich durch Sühne oder gar Strafe nicht wiedergutgemacht. Das ist eine Binsenweisheit, mit der wir das Dach unseres Rechtsgebäudes immer wieder notdürftig flicken. Die Schuldigen waren dingfest gemacht, aber sie waren keine Dinge, und da es sich auch nicht um feste Verhältnisse handelte, da alles ineinander überging – Synergetik, würde Brygger sagen –, glich meine Lage der eines Schiffbrüchigen, der mit der Hand ein Boot auszuschöpfen versucht und dabei nur den Kreislauf des Wassers unterhält.

Mir war auch am nächsten Tag noch übel. Ich hatte einige Wochen in einer sehr reinen Natur mit der Aufklärung unreiner Dinge zugebracht. Nun wurde mir klar, daß ich dem Hauptgegenstand der Recherche, dem sexuellen Mißbrauch von Kindern, wenig innere Anteilnahme entgegengebracht hatte. Meine Entrüstung hatte sich allein im Kopf abgespielt. Offenbar hatte ich mich jener Schizophrenie überlassen, die einen Anatomen befällt, wenn er sich anschickt, einen attraktiven Mädchenkörper zu sezieren.

Jetzt begann die Ungeheuerlichkeit der Vorgänge, die ich untersucht hatte, meinen Seelenfrieden zu bedrohen. Ich versuchte es mit Spaziergängen, dann mit Alkohol. Ohne Erfolg. Einige Tage lang fühlte ich mich nicht in der Lage, meinen Bericht zu schreiben. Die meiste Zeit verbrachte ich im Bett, in Illustrierten lesend.

Dann telefonierte ich mit Berglund. Auch er schien wenig Lust zu haben, noch viel über den Fall zu reden. Er erzählte von dem wunderbaren Carpaccio, das seine Frau gestern bereitet hatte. Aus Rentierfleisch. Wir sprachen davon, irgendwann gemeinsam Urlaub in der Toskana zu machen. Als ich aufgelegt hatte, war meine Katerstimmung vorüber. Merkwürdig, wie einfach es manchmal ist, sich trösten zu lassen.

Ich kaufte eine Schachtel Pralinen und eine langstielige rote Rose und fuhr zu meiner Mutter. Sie war inzwischen mit der Auflage nach Hause entlassen worden, eine Tagesschwester zu engagieren. Aber ich hatte nicht damit gerechnet, sie im Vorgarten anzutreffen.

Sie war gerade dabei, eine Rose festzubinden, und für einen Moment mußte ich an die Szene mit Knut beim Verlassen von Kautokeino denken.

Ich lehnte mein Fahrrad an den Zaun und nahm sie in den Arm. Sie wich ein wenig zurück und musterte mich. »Mutter, du gehörst doch wohl ins Bett«, sagte ich. »Und wo ist die Schwester?«

»Ich habe sie nach Hause geschickt. Es ging ihr nicht gut. Auch dir scheint es nicht besonders zu gehen, so wie du aussiehst. Du hast dich bestimmt wieder mal übernommen. Du sollst mir keine Schnittblumen mitbringen, mein Sohn. Sie sehen immer aus, als kämen sie gerade vom Henker.«

Sie führte mich in die Wohnstube und nahm im Ohrensessel Platz. »Machst du uns einen Tee?« sagte sie.

Von der Küche aus rief ich: »Dein Garten sieht gut aus. Alles ist besonders kräftig in diesem Jahr.«

Ich hörte ihre tiefe Stimme, die so wenig zu ihrem gebrechlichen Körper paßt: »Das liegt am Dünger, den ich verwende. Es ist ein Geheimrezept, das niemand außer mir kennt. Ich habe es diesmal aufgeschrieben, als ich im Krankenhaus war. Für alle Fälle, mein Sohn. Es steckt dort in der großen Chinavase.«